Liens du sang

Collection
Gouttes de vie

(recueil de nouvelles)

Audrey Eden

Liens du sang

Collection Gouttes de vie

Recueil de nouvelles

Mentions légales

© 2023 Audrey Eden

Édition : BoD – Books on Demand, info@bod.fr
Impression : BoD – Books on Demand, In de Tarpen 42, Norderstedt (Allemagne)

Impression à la demande

Illustration/Montage : Audrey Eden (droits réservés)
site internet : audreyeden.com

ISBN : 978-2-3224-6184-4

Dépôt légal : Janvier 2024

L'émotion au cœur des mots.

Audrey Eden

*À ma mère,
la femme la plus courageuse qu'il m'ait été donné de
rencontrer dans ma vie. Je ne la remercierai jamais assez pour
tous ses sacrifices, et pour son amour incommensurable.*

*À mon frère,
un homme au cœur grand et fragile. Le monde a, maintes
fois, profité honteusement de sa bonté d'âme, il a, chaque fois,
répliqué en donnant encore plus de lui-même.*

*À ma sœur,
Une âme dévouée, qui se bat au quotidien, malgré les
difficultés. Elle a fait, des souffrances, une force pour avancer.
Elle m'est d'un soutien infaillible depuis le commencement.*

Je vous aime.

ANCRÉ

Ancrée à nos lèvres, gravée sur notre peau,
Notre histoire s'écrit au fil des roseaux.
Chaque marque sur notre corps, chaque ride naissante,
Nous rappelle ce que nous étions hier et façonne notre identité croissante.
Les racines sortent de terre et se projettent dans notre âme,
Fortifient notre esprit, nous libèrent et nous calment.
Se relever malgré les blessures, surmonter les malheurs.
Enraciner l'amour de nos proches dans notre cœur.
Leur insuffler le nôtre, savourer le bonheur.
Apprendre des défaites autant que des réussites.
Le passé n'est pas notre ennemi : il nourrit nos racines qui nous habitent.

Ça y est. Il était là, se tenant fièrement devant lui, dans son costume neuf, acheté pour l'événement. Il avait maintes et maintes fois eu l'occasion de se rendre compte que son fils était un adulte, que le temps avait passé telle l'eau ruisselante à nos pieds. Mais le voir là, au bout de cette allée, guettant de ses yeux embués l'arrivée de sa fiancée, était une nouvelle révélation pour lui. Il ne pouvait s'empêcher de le contempler avec nostalgie. Ce bel homme était son enfant : son idée abstraite au moment où son épouse lui avait annoncé qu'elle était enceinte, sa petite étoile la première fois qu'il l'avait vu à l'échographie, son ange à chaque fois qu'il lui déclamait d'interminables tirades, la tête posée sur le ventre de la future maman, son trésor la première fois qu'il l'avait tenu contre lui, son champion lorsqu'il l'accompagnait à chacun de ses pas dans sa vie depuis.

***

Christophe avait rencontré la mère de Ludovic lors d'une soirée improvisée. Rien ne les prédestinait à se croiser. Il n'avait pas envie de sortir ce soir-là. Elle, lui avait dit quelque temps après qu'elle avait failli ne pas s'y rendre non plus, s'étant disputée avec sa colocataire. Elles s'étaient réconciliées juste avant de recevoir l'appel de sa meilleure amie, leur proposant de les rejoindre chez elle pour une soirée, soi-disant tranquille, entre filles. Ils se retrouvèrent en définitive à presque soixante dans l'appartement d'étudiants. Ils n'eurent aucun souci avec les voisins, ces derniers étant presque tous présents à la petite fête imprévue. Les autres, quant à eux, étaient absents pour la soirée, voire le week-end entier. Elle l'avait remarqué le premier. Il buvait un whisky avec des amis, accoudé au bar de la cuisine ouverte. Elle était passée devant lui à plusieurs reprises avant qu'il ne l'aperçoive. Il faut dire qu'il y avait tant de monde sur une surface restreinte qu'il était difficile de voir qui était qui. Christophe fut immédiatement subjugué par son sourire.

Un sourire à la fois doux et ravageur. Il ne saurait, encore à ce jour, le décrire. Ce qu'il savait, c'est qu'à chaque fois qu'elle lui souriait, il avait l'impression que le monde s'arrêtait de tourner. Elle avait le pouvoir de figer le temps avec son sourire. C'était une idée ridicule, mais c'est ce qu'il ressentait. Il prononça le premier mot. S'ensuivit une conversation qui dura quasiment toute la soirée. Certains essayèrent de s'immiscer, de les séparer, leur proposèrent de danser, de parler à d'autres. Mais tout effort était peine perdue.

Depuis ce soir-là, ils furent tous deux inséparables, vivant dans une osmose totale. Le choc de la séparation n'en fut plus que violent. Ils emménagèrent rapidement ensemble, finirent leurs études, trouvèrent chacun un emploi respectif, se marièrent, fondèrent leur projet de famille. Tout ne fut pas toujours idyllique, mais ils affrontèrent chaque épreuve ensemble : c'était leur force. Jusqu'à ce jour, ce jour où, en entrant à la maison, Ludovic, âgé de quelques mois à peine, dans les bras, Christophe trouva ces quelques mots griffonnés sur un papier : « *Je suis désolée. Je ne peux plus. Je ne supporte plus tout ça. J'ai essayé : vous n'y êtes pour rien, mais je n'y arrive pas. Je t'aimerai toujours. Mais tu mérites mieux que moi ; Ludovic mérite une vraie maman.* » Pris tout d'abord de panique, il avait posé son fils dans son transat, et avait essayé de l'appeler. Mais le numéro n'était plus valide. Il avait alors craint le pire.

Son épouse souffrait de dépression post-partum. Elle souffrait considérablement, était entourée, et suivie par un spécialiste. Christophe la soulageait le plus possible, et se voulait confiant. Ce n'était que passager : avec l'aide de tous, elle irait mieux, et tout rentrerait dans l'ordre. Le plus difficile pour lui néanmoins, était de se rendre compte qu'elle n'éprouvait absolument aucun sentiment pour leur fils. Elle culpabilisait énormément de ne pas réussir à créer de lien avec lui. Elle l'avait pourtant porté, mis au monde. Le médecin leur avait expliqué que cela était un des symptômes de cette dépression. Ils travaillaient aussi à faire évoluer cet état de fait. Il fallait se montrer patient. Cependant, malgré ses efforts, les mois passants ne reflétèrent aucune évolution positive. La relation avec son fils la pesait de plus en plus, le sentiment de culpabilité la rongeait davantage, jour après jour : Ludovic était innocent, il n'avait rien demandé. Il voulait juste de l'attention et de l'amour. Mais elle se sentait incapable de lui en donner. Elle finit par en conclure qu'elle ne pourrait jamais. Elle avait essayé de le dire à son mari une fois, elle n'avait alors lu, dans son regard, que l'incompréhension, la tristesse et une forme de jugement involontaire. C'est à ce moment qu'elle avait décidé de les quitter tous les deux. Leur couple était condamné. Christophe ne pouvait vivre sans son fils, elle ne pouvait vivre avec lui, pour son plus grand désespoir.

Christophe appela ensuite les parents de son épouse, qui, catastrophés, n'étaient au courant de rien des projets de leur fille. Il raccrocha rapidement pour contacter sa meilleure amie. Elle le rassura, et eut la lourde tâche de lui annoncer à la fois que sa femme se portait bien, mais qu'elle avait décidé de partir définitivement. Elle avait quitté la ville, lui avait fait ses adieux, sans lui dire où elle allait. Elle savait juste qu'elle devait prendre l'avion. L'homme crut alors que son cœur allait cesser de battre. Il fixait avec désespoir son fils, tranquille, qui gazouillait. Il comprit, il comprit à cet instant précis, que quoi qu'il ferait, Ludovic n'avait plus de mère, et qu'il devrait porter ce fardeau de l'abandon durant toute sa vie. Il pleura ce jour-là, comme il n'avait jamais pleuré auparavant. Son cœur était brisé, et celui de son fils aussi le serait. Des semaines durant, ses proches et lui remuèrent ciel et terre pour retrouver la fugitive. Ses parents espéraient la ramener à la raison. Christophe, lui, agissait sans aucune conviction. Il était seulement sûr de deux choses : la raison n'avait rien à voir dans tout cela, et il ne la retrouverait pas. La colère et le chagrin laissèrent place peu à peu à l'amertume, puis à la nostalgie. Christophe se concentra sur son fils, lui donnant tout l'amour qu'il pouvait pour, entre autres, essayer de combler le vide laissé par sa mère.

Le bébé devint un garçonnet, puis un jeune adolescent, entouré de l'amour des siens. Le jour où Christophe avait dû lui expliquer les raisons du départ de sa mère avait été un crève-cœur, ravivant des blessures profondes mal refermées. Son entourage et lui avaient tellement éludé la question que le petit garçon avait fini par croire qu'elle était morte quand il était bébé. Le mutisme n'était clairement pas la bonne solution. Accompagnés de professionnels, ils avaient donc décidé de lui avouer la vérité. Il ne comprit pas vraiment au début, fut immédiatement suivi par un psychologue pour enfant.

Christophe mit longtemps avant d'entamer la procédure de divorce. Il la vécut comme un deuil. Le départ de son épouse était bien une fin, non voulue, non consentie. Il l'obtint bien évidemment sans problème, ainsi que la garde exclusive de Ludovic, sa mère ayant quitté le foyer depuis longtemps. L'homme ne coupa cependant pas les ponts avec la famille de son ex-femme : ils étaient partie intégrante de la vie de son fils, et lui avaient été d'un grand secours.

Les grands-parents de Ludovic reçurent trois lettres de leur fille. La première, deux ans après sa disparition. Elle provenait d'Angleterre. Ils avaient alors engagé un détective, mais les recherches restèrent vaines. La seconde, plusieurs mois plus tard, pour les fêtes de fin d'année. L'adresse n'était plus la même. Les lettres étaient courtes. Elle s'excusait dans chacune d'elles, donnait des nouvelles rassurantes, mais n'en demandait pas. Elle ne voulait clairement pas revenir. Ils prévinrent Christophe à la réception du premier courrier. Cependant, voyant la douleur provoquée à cette annonce, ils gardèrent l'existence des deux autres lettres pour eux, ne voulant pas faire souffrir davantage leur gendre. De plus, Ludovic grandissant, aurait essayé de savoir si sa mère éprouvait un regret quelconque, avait écrit un mot sur lui, pour lui. Il n'en était rien. Il était hors de question pour eux que leur petit-fils souffre davantage. La troisième lettre leur parvint des années plus tard. Ludovic était un tout jeune adolescent. Leur fille leur expliquait savoir que Christophe avait divorcé depuis longtemps, qu'elle avait refait sa vie, qu'elle était à nouveau maman, et que, cette fois-ci, sans qu'elle sache vraiment pourquoi, tout se passait bien. Elle ajoutait qu'elle envisageait de reprendre contact avec Christophe et Ludovic, mais qu'elle n'en avait pas encore le courage. Elle leur transmit son adresse et un numéro de téléphone, leur proposant de la contacter. Contre toute attente, cette lettre sonna comme un glas pour ses parents. Certes, ils avaient une petite-fille, mais leur fille les avait totalement rayés de sa vie durant toutes ces années. La colère décida pour eux. Ils ne jetèrent pas le courrier, pensant, que, peut-être, une fois adulte, Ludovic aimerait reprendre contact avec sa mère, ou encore rencontrer sa sœur. Ils lui en parleraient le cas échéant. Quant à Christophe, il n'avait pas réussi à renouer une véritable relation avec une autre femme : il n'arrivait pas à avoir confiance. Il n'était donc pas prêt à entendre que celle qu'il aimait, avait tourné la page. C'était donc mieux pour tout le monde.

L'adolescence fut une étape délicate pour Ludovic. En quête de son identité, vivant, malgré tous les suivis et discussions possibles, avec un sentiment amer de rejet, il avait reporté sa colère sur son père. Il avait compris pourtant qu'il n'était pas fautif, que personne ne l'était réellement. La dépression est une maladie complexe, sournoise. Mais une part de lui ne pouvait s'empêcher de penser, qu'après toutes ces années, sa mère aurait pu lui donner un signe de vie. Il n'aurait pas su, en réalité, comment réagir, mais, au moins, elle lui aurait montré un intérêt, si infime soit-il. L'adolescent commença à fumer, but souvent de l'alcool, lors des fêtes, lors des soirées avec des amis qui n'en étaient pas véritablement, chaque semaine, plusieurs fois par semaine même. Il se trouvait dans une phase d'auto-destruction, et son père refusait de le voir se faire du mal ainsi. Les disputes se firent, par conséquent, de plus en plus fréquentes. Les punitions ne le calmèrent pas, bien au contraire. Il fit le mur plusieurs fois, fugua même, avant d'être ramené deux jours après, complètement ivre, par une patrouille de police. Il ne réitéra par contre pas cette fugue. La détresse éprouvée par son père et par ses grands-parents l'en avait définitivement dissuadé. Il voulait se faire du mal, en aucun cas les faire souffrir, eux. Il ne comprenait cependant pas que son état les rendait malheureux. Il avait du mal à accepter qu'ils l'aimaient, malgré toutes les preuves apportées chaque jour durant. Comment pourraient-ils, alors que sa propre mère en avait été incapable ?

Alors qu'il refusait toute aide apportée par les siens, une jeune fille réussit à percer sa carapace. Elle s'appelait Nathalie. Elle était nouvelle au lycée, arrivée après l'emménagement de ses parents. Ludovic, qui ne mettait quasiment plus les pieds dans l'établissement, fut soudain épris d'une envie irrésistible d'aller en cours, après l'avoir croisée dans un des couloirs. Nathalie était consciencieuse, persévérante, adorait lire et étudier, avait un fort caractère, ne laissant jamais quiconque lui manquer de respect ou la déstabiliser. La seule manière pour Ludovic de l'approcher, était d'entrer dans son monde, qui n'était plus le sien depuis un moment. Il ne savait pas ce qu'il obtiendrait en retour, pensant ne pas pouvoir être considéré. Néanmoins, sans qu'il comprenne pourquoi, une part de lui ne pouvait s'empêcher de vouloir connaître cette nouvelle venue. Il avait eu un coup de foudre. Son père, d'abord surpris par cette métamorphose, supposa rapidement qu'il y avait une fille derrière tout cela. Sans chercher à en savoir davantage, il accueillit cet événement comme un miracle, en profita pour renouveler son soutien, que son fils accepta cette fois-ci. Ludovic entama à nouveau une thérapie, ce qui l'aida fortement. Il s'apaisa. Si le rebelle à la réputation polémique n'intéressait guère la demoiselle, elle apprit à connaître, avec le temps, le véritable Ludovic. Lui, plaisait grandement à Nathalie. Ainsi, de fil en aiguille, ils se rapprochèrent. Ludovic fit la paix avec lui-même, demanda pardon à son père et à sa famille. Il accepta d'être aimé. Nathalie lui avait prouvé qu'il le pouvait, qu'il méritait de l'être, et qu'il l'avait toujours été. Son père, ses grands-parents, sa famille, ses amis n'étaient pas sa mère.

Christophe eut un pincement au cœur, lorsque, peu d'années plus tard, Ludovic quitta le nid familial pour aller à l'université. Il n'était pas seul, sa fiancée, Nathalie, et lui avaient fait leur choix ensemble. Mais ce départ symbolisait une grande étape. Il était heureux de voir son fils prendre son envol. Lui aussi avait avancé. Il fréquentait sa collègue, Marie, depuis un certain temps déjà. Il avait effectué, en parallèle de son fils, un travail sur lui-même. Il s'était rendu compte tardivement qu'il en avait également besoin. Il avait décidé de lui proposer d'emménager avec lui.

Un jour, les études terminées, lorsque Ludovic exprima, lors d'un repas de famille, le souhait de retrouver sa mère, ses grands-parents décidèrent de lui remettre la dernière lettre reçue. Ils n'avaient plus eu de nouvelles de leur fille depuis, n'avaient pas cherché à en avoir. Une forme de regret se lisait sur leur visage. Mais ils assumaient leur choix. Christophe et Ludovic furent stupéfaits, comprirent néanmoins leurs décisions. Le père du jeune homme avait fait son deuil de la relation avec sa mère. Il était épanoui. Ludovic éprouvait juste le besoin de la connaître, ne souhaitant rien de plus.

Si le numéro n'était plus valide, l'époux de sa mère habitait toujours à l'adresse donnée. Ludovic apprit qu'elle était décédée quelques années auparavant, dans un accident de voiture. La nouvelle fut un choc pour tous. Le veuf n'avait prévenu personne de l'ancienne vie de sa défunte épouse, respectant ses souhaits formulés dans son testament. Il remit une clé USB à Ludovic, sur laquelle sa mère avait enregistré une longue vidéo. Elle n'avait jamais eu le courage de la lui faire parvenir, ni de reprendre contact, pensant qu'il la haïssait. Avec son père et sa fiancée, il en prit connaissance. Elle s'expliquait, lui racontant qu'elle sombrait à l'époque, et que son seul salut résidait dans cette fuite. Elle lui demandait pardon, à lui et à Christophe, lui expliquait son parcours après son départ, lui annonçait qu'il avait une demi-sœur, et qu'elle était enceinte. Elle ajoutait qu'elle avait réussi à prendre de ses nouvelles, à distance, qu'elle savait qu'il allait bien et qu'il était heureux. Elle ne voulait pas gâcher cet équilibre en débarquant à nouveau dans sa vie. Elle prononça des mots que Ludovic ne pensait jamais entendre : elle lui dit qu'elle l'aimait, qu'elle l'avait toujours aimé, même si la dépression l'avait empêchée de le ressentir à l'époque. Elle était extrêmement fière de lui. Ce fut un visionnage bouleversant, autant pour Ludovic que pour son père. Ils auraient tant aimé la revoir à cet instant, mais la vie est faite ainsi.

Le jeune homme prit, par la suite, contact avec son demi-frère, et sa demi-sœur. Lui, était en internat dans un club sportif professionnel, elle, entamait sa première année d'université. La rencontre fut émouvante. Ils apprirent chacun les uns des autres. Ils connaissaient son existence, mais n'osaient pas encore faire le premier pas vers lui, craignant sa réaction. Les liens avec cette nouvelle famille se tissèrent. Christophe parla à plusieurs reprises au mari veuf. Il sut que, malgré leur relation, il avait gardé une place unique et singulière dans le cœur de la mère de Ludovic. Son nouveau mari l'avait très vite accepté, une part d'elle avait aimé Christophe jusqu'à la fin. Les grands-parents de Ludovic furent pris de remords, pleurèrent énormément leur fille. Leurs petits-enfants inconnus les consolèrent. Ils avaient, avec une grande maturité, compris leurs choix. La situation était difficile pour tous. Chacun avait fait du mieux qu'il pouvait. Ils ne s'étaient jamais senti rejetés. Ils savaient que leurs grands-parents avaient agi pour protéger Ludovic. Des erreurs avaient sans doute été commises de part et d'autre, des maladresses aussi. Il y en aurait encore. C'est cela aussi, la vie de famille.

***

Aujourd'hui, assistant, avec tous, au mariage de Ludovic et de Nathalie, Christophe se souvenait de chaque souffle poussé pour son fils, de chaque regard de complicité échangé, de chaque battement de son cœur en osmose avec le sien. Il le considérait comme un homme, mais une part de lui resterait son tout petit à tout jamais, même après. Et une part de lui-même resterait avec son fils quoi qu'il arrive. Parce que l'amour n'a aucune frontière.

LE GRAAL

Toi et moi
Seuls contre tous.
Toi et moi
Amour en écho.
Toi et moi
Avec nos défauts.
Toi et moi
Malgré nos chamailleries.
Toi et moi
Contre vents et marées.
Toi et moi
Côte à côte, même éloignés.
Toi et moi
Frère et sœur pour la vie.

L'animal poussa un miaulement rauque en guise de réprobation quand l'enfant le repoussa délicatement en arrière. Comment osait-il lui refuser des caresses ? Elle, qui avait pris l'habitude de le voir quémander ne serait-ce qu'une bribe d'attention de sa part. Passer ainsi de l'idolâtrie à l'indifférence était intolérable. La chatte n'insista pas davantage, blessée dans son orgueil. Elle s'étira, faisant hérisser les poils de son dos, s'éloigna dans la pénombre du couloir, fit un bref arrêt, donnant une dernière chance aux deux enfants de réparer l'affront. Seuls deux yeux perçants transperçaient la profondeur de l'obscurité. Malheureusement pour elle, ils étaient trop fébriles et accaparés par la scène qui se déroulait dans la pièce concomitante pour lui accorder un quelconque intérêt. Définitivement vexée, elle reprit sa marche lente, se dandinant comme elle savait si bien le faire. Seuls les tressaillements de sa queue dressée laissaient paraître son désappointement. Ils lui paieraient cher cet outrage la prochaine fois qu'ils voudraient une marque d'affection, si prochaine fois il y avait.

– Tu me laisseras pas tomber hein ?
– Non, jamais, juré. J'peux cracher même si tu veux.
– Euh… non, évite, c'est dégueu.
– Ah vous les filles, j'te jure.
– Vous les garçons, "de vrais cochons" comme dit maman.
– N'empêche que t'es bien contente que "le cochon" soit là pour t'aider sur ce coup, ajouta Marc avec un air renfrogné.
– Te fâche pas… Susceptible en plus.
– Suppo… quoi ?

Jade leva les yeux au ciel. Décidément, son frère avait de sérieux efforts à faire concernant la richesse de son vocabulaire. Ce n'était plus un écart, selon la fillette de sept ans, mais un véritable fossé qui les séparait sur ce point. Pourtant, ils étaient nés en même temps, enfin, elle l'avait précédé de quelques minutes. Ils avaient déjà demandé à leurs parents à plusieurs reprises le délai exact entre leur arrivée, mais Jade ne s'en rappelait jamais. Dans ce domaine, c'était Marc qui la battait à plat de couture : c'était un as des chiffres.

– Tu crois qu'on va y arriver ? Demanda-t-elle après un silence.

Marc tourna la tête et regarda par-dessus son épaule. Les yeux brillants de la fillette le fixaient avec émoi. Elle avait la bouche entrouverte et tremblante. Derrière ses moqueries, son frère se rendit compte qu'elle était totalement terrorisée. Tous les deux accroupis dans le couloir sombre, ils chuchotaient, pelotonnés l'un contre l'autre, à l'affût. La lumière de la pièce principale, qui s'infiltrait par la porte entrebâillée, éclairait uniquement leur visage. Le garçon esquissa un sourire tendre. Il avait beau adorer l'embêter, il n'aimait pas quand sa sœur n'allait pas bien. À chaque fois qu'elle était triste, malade ou en colère, il restait à son chevet et s'évertuait à lui redonner le sourire. Il n'était définitivement heureux que lorsqu'elle l'était aussi. Et il savait pertinemment que cela était réciproque.

– T'inquiète p'tite sœur, on va gérer comme des chefs… On gère toujours tous les deux, hein.

Elle voulut rebondir sur le terme « *petite* » qu'il employait trop souvent à son goût, mais elle ressentit plus le besoin d'acquiescer en posant sa tête contre le bras de Marc, tout en continuant à le regarder. Heureusement qu'il était là : elle n'imaginait pas un instant sa vie sans lui.

D'aussi loin qu'elle s'en souvienne, il avait toujours été présent, sans rien demander en retour. Certes, ce n'était pas l'osmose tout le temps. Ils se disputaient souvent : lorsqu'ils voulaient tous les deux jouer avec la même voiture télécommandée, quand l'un accusait l'autre de lui avoir volé sa part de gâteau au goûter, à chaque fois qu'ils avaient l'impression qu'un de leurs parents leur offrait une attention inégale. Malgré tout, ils se soutenaient toujours si l'un d'eux en avait besoin, comme quand Lucas, le petit voisin, avait fait tomber Jade de son vélo pour le lui prendre. Marc avait foncé sur lui et lui en avait collé une dont il se souviendrait sans doute toute sa vie. Il avait été puni après que leur père lui rappela qu'on ne devait pas se faire justice, et que la violence n'était jamais la solution. Mais il l'avait quand même bien mérité ce Lucas. On ne touche pas à sa sœur. D'ailleurs, lui aussi s'était fait gronder par ses parents, preuve qu'il avait mal agi. La voyant un peu rassérénée, il tourna à nouveau la tête et fixa l'entrebâillement de la porte. Il était autant inquiet qu'elle à vrai dire, mais il devait garder un air assuré. Il avait regardé assez de dessins animés avec des combattants pour savoir comment se comporter. Un héros ne faiblit pas, même quand il est terrassé par la peur. Ils devaient tous deux réussir. De toute manière, ils n'avaient pas droit à l'erreur. Passer ne serait pas compliqué si on y réfléchissait bien. Il fallait juste attendre le moment opportun et ne pas faire de bruit. Ne pas se faire repérer : condition ultime pour atteindre l'objectif. Il se surprit à penser comme un militaire et se sentit, à cet instant précis, fier de lui. Il hocha légèrement la tête pour se donner raison. Le plan était simple : une fois certains que les ennemis étaient occupés dans l'autre pièce, Marc devait se glisser subrepticement et avancer à quatre pattes vers le meuble du salon pour récupérer la clé. Jade, elle, ferait le guet. Il devait jeter régulièrement un œil sur elle pour voir si elle ne mimait pas le signe d'alerte pour indiquer un danger en approche. Une fois le Graal entre ses mains, Marc devait au plus vite se diriger derrière le buffet central, surplombé par un immense aquarium, afin de ne plus être à portée de vue. C'est alors que les rôles s'inverseraient : Jade pénétrerait à son tour dans la pièce, sous le regard alerte de son frère, afin de le rejoindre. C'est là que cela deviendrait risqué. Dès lors qu'ils seraient tous les deux sûrs que le champ était libre, ils se dirigeraient, cette fois, vers l'autre sortie de la pièce. Elle serait plus proche d'eux, donc plus pratique à atteindre, mais ils seraient totalement à découvert. Faire le guet pour l'autre serait inutile. Ils agiraient donc, cette fois-ci, de concert, espérant ne pas se faire prendre. La sentence serait irrémédiable. Une fois sortis, une seule chose leur resterait à faire : filer discrètement mais à toute allure.

– Bon, t'es prête ? Demanda Marc à sa sœur.

Elle opina de la tête en guise d'acquiescement.

– Tu te souviens de ce qu'on doit faire si…

– ... Si on se fait prendre, continua Jade fébrilement, après une hésitation.

Son frère la fixait maintenant avec un air grave.

– Courir, sans se retourner, le plus vite possible... Mais on va y arriver, tu me l'as dit.
– Bien sûr sœurette, répondit-il, en lui faisant un clin d'œil.

Il s'avança, la respiration haletante. Sa sœur, la gorge nouée, ne pouvait détourner le regard. Les genoux du garçon frottaient maladroitement le sol ; ses mains, dans le prolongement de ses bras tremblants, soutenaient tant bien que mal le haut de son corps penché en avant. Il essayait de garder l'objectif en vue, mais ne pouvait s'empêcher de relever la tête pour essayer d'apercevoir les deux individus dans la cuisine. Il ne percevait cependant que leur voix, ce qui le rassurait légèrement. Tant qu'ils parlaient, c'est qu'ils ne l'avaient pas remarqué. Il savait pourtant que sa sœur se trouvait non loin derrière lui, en renfort. Mais même s'il avait essayé de la tranquilliser, il était lucide : que pouvait-elle faire s'il était repéré ? Le prévenir ne changerait rien à l'issue. Centimètre après centimètre, il ne déviait cependant pas de son trajet. Hors de question de renoncer. De toute manière, il était trop tard. Le but était essentiel. Le bar, il devait atteindre les tabourets devant le bar pour être hors de portée. Les voix se firent soudain plus intenses. Les protagonistes s'étaient, semble-t-il, déplacés, se rapprochant de lui. Il s'arrêta, pencha la tête sur le côté, puis toucha de son menton son épaule droite afin de réussir à distinguer sa sœur. Celle-ci, les yeux embués, fixait la scène qu'il ne voyait pas. Elle lui lança alors un regard rassurant, et hocha la tête. La voie était toujours libre. Il reprit son cheminement et atteignit enfin la première étape de son périple.

Il ne put se retenir de pousser un petit soupir de soulagement qu'il interrompit aussitôt, de peur d'être entendu. Adossé contre le bar, entre deux tabourets, il fit le signe OK de la main droite à Jade. Cette dernière arbora alors un large sourire d'apaisement. Le meuble du salon n'était désormais qu'à quelques pas de lui. Dès que la fillette lui donna son accord, il reprit sa quête. Les adultes ne le verraient pas jusqu'au buffet : le plus important était donc de ne pas faire de bruit. Arrivé au meuble, il procéda à l'aveugle : il ne pouvait pas se redresser, au risque de se faire repérer. Accolé à l'avant du meuble, il se concentra. Sa petite main gauche se releva alors lentement. Il avait auparavant, avec sa sœur, essayé de calculer le plus précisément possible, à distance, où il devait se placer pour atteindre la clé du premier coup. Plus il y aurait de tentatives, plus cela serait risqué. Ses doigts atteignirent le plat du meuble. Il se tendit pour aller le plus loin possible. Sans le savoir, il était à quelques centimètres du Graal. Le garçon tâtonna doucement à droite et à gauche, en vain. Sans enlever la main du plateau du meuble, il essaya de se tourner le plus possible en direction de Jade. Celle-ci gesticulait en tous sens, essayant de lui indiquer de bouger sa main vers la droite. Il acquiesça et s'exécuta aussitôt, réussissant alors à saisir le précieux sésame. Il était le plus heureux à cet instant. Dans l'excitation, enlevant sa main trop précipitamment, il cogna légèrement la clé contre le bois. La discussion dans la cuisine s'arrêta net. Dans le même temps, le jeune garçon ramena le trésor contre sa poitrine et cessa de respirer. Il n'aurait jamais dû se laisser prendre par l'émotion. Un soldat doit savoir gérer cela. Une voix d'homme s'éleva alors :

– Ils sont où ?
– Enfermés dans le bureau, eut-il en guise de réponse.

Marc et Jade se fixaient, apeurés. Le tintement de la vaisselle reprit et les individus se remirent à discuter tranquillement. La fillette poussa un grand soupir de soulagement tandis que son frère, lui, inspirait pour avaler de l'oxygène à nouveau. Il ne devait plus commettre cette erreur. Il serait maintenant méticuleux. Il glissa la clé dans sa poche droite et reprit son cheminement à quatre pattes, cette fois-ci vers le buffet central. Il y arriva sans peine et sans être perçu. Là où il se trouvait, il ne voyait plus sa sœur. Il dut donc longer le meuble pour atteindre l'autre versant. Il se pencha alors légèrement pour avoir une vue d'ensemble. Après un instant d'analyse de la situation, il fit un signe de la main à Jade, lui donnant ainsi le top départ de sa traversée. Elle effectua mimétiquement les gestes précédents de son frère, allant vers les tabourets du bar. Puis, après un bref arrêt, elle se dirigea directement vers le buffet, fixant le grand aquarium et s'inspirant du calme qu'il dégageait pour se donner confiance. Elle eut vite rejoint son acolyte. Couverts par le bruit de la pompe de l'aquarium, accroupis, ils se serrèrent dans les bras, se congratulant mutuellement de leur exploit. Ils avaient fait la moitié du chemin. Il ne fallait pas faiblir. Le garçon sortit la clé de sa poche, et la donna à Jade, qui la cacha précieusement dans l'une des siennes. La victoire était désormais à leur portée. Assis maintenant, dos contre le buffet, ils regardèrent avec attention et envie la porte de sortie. Marc se pencha à nouveau vers l'extrémité du meuble. Les deux adultes avaient le dos tourné. Le moment était propice à l'action. Il regarda sa sœur, prit sa main brièvement pour lui donner du courage, et en avoir, lui aussi. Ils procéderaient de la même manière, à quatre pattes, mais cette fois-ci, en file indienne. Avancés côte à côte aurait été trop délicat avec les meubles alentours. Jade ouvrait, cette fois-ci, la piste. Il fallait rester tout aussi discrets, mais avancer beaucoup plus vite, car, une fois éloignés du buffet, ils seraient totalement à découvert. La jeune fille s'élança jetant régulièrement des coups d'œil furtifs derrière elle, non vers la cuisine, mais vers son frère. Plus que pour elle, elle avait peur pour lui.

– Mais qu'est-ce que vous faites-là ?

Cette voix, haute et forte, sonna comme un glas. Ils étaient repérés. Tous ces efforts pour en arriver là. Quel gâchis !

– Cours Jade ! Cours ! Cria Marc en guise d'alerte.

La fillette ne put s'empêcher de lancer un dernier regard à son frère qui se trouvait toujours derrière elle. Elle ne voulait pas l'abandonner, mais ils se l'étaient promis et elle devait tenir sa promesse. Les larmes aux yeux, elle se redressa hâtivement et s'élança vers la sortie. Elle allait tellement vite qu'elle ne put éviter le corps qui se mit en travers de son chemin dans l'encadrement de la porte. Elle le heurta violemment, et sentit, dans le même élan, des étaux l'entourer. Elle essaya vainement de se débattre en poussant des cris aigus, mais l'homme qui la tenait était bien plus fort qu'elle : elle était prisonnière. À force de gesticuler, elle réussit néanmoins à se retourner assez pour apercevoir son frère. Il était toujours au sol mais, maintenant, se tenait assis, en direction de l'aquarium, les deux mains en arrière pour le retenir. Il avait la tête levée vers la personne qui se tenait face à lui, les bras croisés, visiblement très en colère. C'est alors que Jade sentit l'homme la soulever. Ses pieds ne touchèrent plus le sol. Pour autant, elle avançait, retournant sur ses pas, vers le buffet. Elle agita alors ses jambes.

– Doucement ! Mais calme-toi ! Cria l'homme qui la retenait.
– Lâche-moi, cria-t-elle sans l'écouter.
– Quand tu te seras calmée.

Ils arrivèrent vers Marc, et l'individu la reposa par terre, tout en continuant à la tenir fermement.

– J'attends une réponse, déclara sèchement la femme qui restait statique face à Marc.
– Salut M'am. Ça va ? Bredouilla le garçon avec un sourire gêné.
– Marc. Je ne crois pas que ta mère ait envie de rire. Moi non plus d'ailleurs. On peut savoir ce que c'est que ce cinéma ?

Jade ne se débattait plus. Elle gardait la tête baissée, les bras posés sur ceux de son père qui l'entouraient toujours, mais sans fermeté désormais.

– Oh rien, papa, dit le garçon, se retournant vers Jade et son père. On jouait, c'est tout.
– C'est tout ? Répéta sa mère, dubitative, les sourcils froncés. C'est vrai Jade ?

La fillette, toujours tête baissée, ne répondit pas. Elle ne savait pas mentir : c'était, pour elle, son plus grand défaut.

– Ta sœur n'a pas l'air d'être d'accord avec ta version, Marc, déclara l'homme, visiblement amusé par la situation.

Sa femme lui lança un regard réprobateur. Il prit immédiatement un air plus sévère.

– Debout, déclara celle-ci sèchement.

Marc s'exécuta lentement, inquiet et penaud. Il essaya de sourire pour amadouer sa mère, mais comprit instantanément que cela était inutile. Il baissa la tête, imitant sa sœur. Fixant le carrelage, il vit alors apparaître la main ouverte de sa mère.

– La clé.
– Hein ? Quoi ? Répondit-il, décontenancé.
– LA CLÉ, répéta-t-elle en insistant, impassible.

Leur père regarda le meuble plus loin dans la pièce, et comprit tout de suite de quoi parlait son épouse.

– Les enfants… souffla-t-il. Vous êtes incorrigibles.
– Non, mais je sais pas de quoi elle parle, papa, déclara son fils, feignant l'incompréhension.

Sa mère posa ses mains de chaque côté de ses hanches. Quand il vit ceci, Marc comprit qu'il fallait définitivement capituler. Ça allait barder.

– Marc, insista son père.
– Ce n'est pas lui qui l'a, murmura alors Jade d'une voix fébrile, sortant ainsi de son mutisme.

Elle releva doucement la tête. Une larme coulait sur sa joue. Elle aurait tellement aimé réussir. Son père enleva ses bras et recula d'un pas. Elle se retourna vers lui, sortit l'objet défendu d'une de ses poches et la lui tendit. Après un instant d'hésitation, il soupira et la prit. Il se pencha alors vers elle.

– On vous avait dit quoi, jeune fille ?
– Mais on faisait rien de mal, dit Marc pour défendre sa sœur.
– Interdiction d'ouvrir le placard du bureau, sous peine de grosse punition, répondit Jade, faisant fi de la remarque de son frère.

Même si elle appréciait son aide, elle savait que cela ne servait strictement à rien maintenant.

– On va être puni ? Demanda-t-elle, lançant un regard triste à son père.

Elle savait parfaitement comment le faire craquer. Se défendre n'était pas la bonne tactique. Il fallait désormais réussir à apitoyer les bourreaux. La méthode fut une nouvelle fois efficace. Son père esquissa un sourire tendre et rassurant. Il regarda ensuite son épouse en faisant la moue, manière maladroite pour lui de demander son indulgence.

– Techniquement... Ils n'ont pas ouvert le placard, dit-il.
– Tu ne vas t'y mettre toi aussi, déclara la mère, agacée.

Sa voix s'était néanmoins adoucie. Le fait de ne pas avoir offert trop de résistance jouait en faveur des coupables. Il est vrai qu'ils ne faisaient rien de dangereux. De plus, même si elle ne l'avouerait jamais, elle était impressionnée par leur capacité à travailler de concert pour voler la clé du placard alors qu'ils étaient dans la pièce. Ils avaient presque réussi. Il fallait oser. Elle fut interrompue dans sa réflexion par Marc :

– De toute façon, on va finir par les avoir. Maintenant ou après, ça change rien.

Grave erreur tactique. Jade leva les yeux au ciel. Mais quel boulet quand il s'y met ! Autant, il est doué sur le terrain, autant, niveau négociation, il les enverrait à l'échafaud. Leur mère fronça à nouveau les sourcils. Marc se rendit compte de sa bêtise : sa phrase passait pour de l'effronterie. Il aurait dû se taire. Il essaya de se rattraper tant bien que mal :

– Enfin si... c'est pas pareil. C'est pas bien... Pardon maman.

Il baissa à nouveau la tête.

– Votre anniversaire est dans quatre jours. Je sais qu'attendre est une torture, mais je pense que vous êtes capable de tenir jusque-là, non ?
– Oui, maman, répondirent les deux enfants en écho.
– On prépare la fête. Il y aura tout le monde. Partager la découverte de vos cadeaux avec tous ceux présents pour vous, ce n'est pas mieux ?
– Si maman, répondirent-ils, se lançant des regards coupables.
– Maman a raison, ajouta leur père. Vous auriez vraiment gâché l'effet de surprise en les ouvrant maintenant. Vous pensiez vraiment que vous alliez pouvoir les garder et les utiliser dès aujourd'hui ?
– On voulait juste jeter un coup d'œil. On aurait tout remis en place, murmura Jade. On a trop envie de savoir ce que vous avez pris. Mais la curiosité est un vilain défaut. Tu l'as déjà dit, papa.
– Point trop n'en faut. Parfois, c'est une qualité. Mais pas cette fois-ci, la corrigea-t-il.

La petite hocha la tête en guise d'acquiescement.

– Vous allez arrêter de passer votre temps devant ce placard, donc ? Il fait chaud. Vous feriez mieux d'aller dehors au lieu de rester terrés dans la maison.
– Oui, déclarèrent les jumeaux.
– Promis, ajouta Jade.

– Quelle punition alors ? Demanda le père à son épouse, avec un sourire malicieux.
– J'ai l'impression que tu as déjà une idée ; lui dit-elle, interpellée.

Les deux enfants les dévisageaient, inquiets et perplexes. Jade croyait vraiment qu'ils allaient échapper à une sentence. Elle n'avait pas été convaincante. Elle regarda son frère, et comprit qu'il avait l'envie irrésistible de prendre ses jambes à son cou. Peut-être qu'après un moment caché, les parents renonceraient à les punir. Jade secoua légèrement la tête pour lui dire non, afin qu'il enlève cette idée de son esprit. Ce serait reculer pour mieux sauter. Et la punition serait pire encore. Marc obéit et fourra ses mains dans les poches en guise de désapprobation. Son père, entre-temps, s'était approché de sa femme et lui murmurait à l'oreille droite. Elle se mit soudain à rire. Les jumeaux se regardèrent, désappointés.

– C'est parfait ! S'enthousiasma leur mère.

Sa réaction raviva l'inquiétude des deux jeunes enfants. La punition allait-elle être aussi terrible ?

– Dehors tous les deux, leur dit-elle alors, tandis que leur père traversait déjà la pièce pour aller leur ouvrir la baie vitrée.

Jade et Marc s'exécutèrent, sans empressement. Ils sortirent tous et se retrouvèrent sur la terrasse. Les rayons du soleil, qui se reflétaient sur l'eau de la piscine, étaient ardents et éblouirent les quatre membres de la famille. La chaleur était, à cette heure de la journée, écrasante. Marc devinait la sentence. Son père avait tondu, tôt le matin. Ils allaient sûrement devoir continuer à s'occuper du jardin ; ou nettoyer les outils. Jade, elle, pensait à la voiture. Depuis le temps que sa mère dit qu'elle doit la laver. Ils allaient devoir s'y coller, c'était certain.

– Bon, avancez, que je vous explique ce que vous avez à faire, déclara leur père sur un ton solennel.

Penauds, ils traînèrent tous les deux des pieds en longeant la piscine. C'est alors que, tout à coup, l'un comme l'autre, ils sentirent une main forte dans leur dos qui les poussa violemment. Perdant l'équilibre, ayant le réflexe de s'agripper l'un à l'autre, ils tombèrent la tête la première dans la piscine. Leur bref cri se mêlèrent aux rires de leurs parents. Engoncés dans leurs vêtements, ils s'agitèrent, battant fortement des jambes pour remonter à la surface.

– Mais t'es fou ! Hurla Jade, une fois la tête hors de l'eau.

À la vue de leur tête, les rires des deux parents redoublèrent. Leur mère était quasiment pliée en deux.

– Mes chaussures étaient neuves, ajouta la fillette, hors d'elle.
– Elles sécheront, ne t'inquiète pas, essaya de répondre son père entre deux éclats de rire.

Marc, énervé lui aussi dans un premier temps, commençait à se laisser prendre par l'hilarité de ses parents. Il essaya d'éclabousser son père, qui se trouvait au bord de la piscine, en réalisant un grand mouvement vif avec son bras gauche à la surface de l'eau. Mais celui-ci eut le réflexe de reculer à temps.

– Il fait chaud. Ça vous rafraîchit les idées au moins, gloussa leur mère.
– Ah ! Ah ! Très drôle, rétorqua Jade.

Elle tapa des deux bras sur l'eau pour manifester son mécontentement.

– Allez, arrête de bouder ma puce, lança son père, toujours amusé, mais calmé. On peut encore vous faire laver la voiture si vous préférez.

Marc lança un regard noir à sa sœur. Mieux valait mille fois cette punition-là. Leur père se rapprocha de son épouse et l'enlaça. Elle passa ses mains autour de son cou. Il déposa un prude baiser sur ses lèvres.

– Beurk ! Cria Marc.
– C'est vrai qu'il fait chaud, lui susurra-t-il.
– Il y a des enfants mon cher et tendre, lui répondit-elle en rougissant, crédule.
– Oui, c'est vrai. Mieux vaut se rafraîchir aussi alors.

La jeune femme eut à peine le temps de comprendre qu'il l'avait déjà entraînée avec lui au bord de la piscine, sous le regard ébahi des jumeaux. Dans un élan, il plongea dans l'eau, la tenant fermement contre lui. Elle eut juste le temps de crier et de fermer les yeux. Les rires des deux enfants s'élevèrent cette fois-ci dans le jardin, et s'amplifièrent quand ils virent le regard dépité de leur mère après être remontée à la surface de l'eau. Leur père s'éloigna immédiatement et se plaça stratégiquement derrière sa fille afin d'éviter toutes représailles.

– Alors toi ! Hurla sa femme, autant énervée qu'amusée.
– Tu verrais ta tête, maman ! Cria Jade, n'en pouvant plus de rire.
– Je te retourne le compliment ma chérie, rétorqua-t-elle, le sourire aux lèvres, ce qui calma net sa fille.

– Les enfants le prennent avec philosophie. Tu devrais prendre exemple sur eux, dit le père, sur un ton taquin se déplaçant un peu en arrière afin de se mettre sur le dos, visiblement fier de lui.

La mère en profita pour lancer un regard à ses enfants qui en disait long. Elle leur fit un signe de la tête et ils comprirent instantanément. Ils se placèrent rapidement autour de l'homme qui barbotait. Face au silence qui s'installait soudainement, il commença à s'inquiéter et se redressa. C'est alors qu'une pluie d'eau s'abattit sur lui de toutes parts. Son épouse, Marc, et Jade, lui envoyaient, avec leurs mains et leurs bras, énergiquement, toute l'eau qu'ils pouvaient. Des cris d'amusement et des rires se mélangeaient dans la confusion. Le père essayait vainement de se protéger le visage. Une seule solution s'imposait alors : contre-attaquer, même si à trois contre un, les chances de réussite étaient minces. Visant en priorité les enfants, car ils céderaient sûrement les premiers, il les éclaboussa à son tour.

Pelotonnée sur une des chaises de la table de la terrasse, la chatte, médusée, avait ouvert un œil pour regarder, avec dédain, la scène chaotique qui se déroulait devant elle. Agacée par leur vacarme qui l'avait sortie de son sommeil, elle se releva, s'étira, se remit en boule, leur tournant cette fois-ci le dos pour leur montrer son désintérêt. Elle glissa sa tête entre ses pattes, afin d'étouffer le bruit environnant. N'ayant même pas remarqué sa présence, la famille continua à s'amuser bruyamment dans la piscine. Décidément, elle ne comprenait vraiment rien à ces humains.

LARMES DE PLUIE

Le prénom du personnage principal de cette nouvelle m'a été offert par un de mes lecteurs : un des premiers à me suivre et à croire en mes écrits. Merci grandement à **Jean-Christophe, de Marseille,** *pour ce soutien.*

Quand les mots ne suffisent pas.
Quand ils n'apaisent pas.
Quand ils ne sont plus soutiens
Qu'ils n'apaisent plus le chagrin.
Lorsque, même en dernier recours,
Ils ne sont plus d'aucun secours.

Quand les temps sont maudits.
Et que l'on se retrouve démuni.
Pas d'appel, pas d'écho.
Aucun soubresaut.
C'est dans le regard des siens
Qu'on trouve le soutien.

Dans le cœur d'un amant,
Dans la main d'un enfant.
Dans le sourire d'un ami,
Dans les bras de la famille qu'on chérit,
Dans ceux de celle qu'on a choisie.

*Quand les mots ne suffisent pas,
L'Amour est là.*

Elle regardait les larmes de pluie couler lentement le long de la vitre. Elle fixait, sans voir, le loin à travers la fenêtre. Dans chaque goutte de pluie brillaient des reflets de son passé : des moments d'innocence, des instants volés. Aurélia revoyait ses enfants jouer dans le jardin. Ils étaient tous loin à présent. Chacun était parti tracer son propre destin. Ils ne l'avaient pas oubliée, certes, elle avait des nouvelles, très souvent. Néanmoins, ils n'avaient malheureusement pas le temps de venir la voir. Ce n'est pas qu'ils ne l'aimaient pas au contraire. Elle avait une place chère dans leur cœur, à tout jamais. Mais la vie fait que le quotidien nous prend et nous engloutit. On n'a souvent plus le temps de voir les éléments essentiels à nos vies. Regardant par la fenêtre, elle se considérait comme un élément oublié ; précieux, important, mais laissé de côté. Elle ne leur en voulait pas : ainsi va la vie. Mais la solitude l'enlaçait et ne laissait pas de place. Sur le miroir des gouttes d'eau, d'autres visages apparurent : des sourires, des grimaces mais aussi des visages de tristesse. Remontèrent aussi à sa mémoire les douleurs, le désespoir, la perte de son mari, celui qu'elle avait tant chéri. Ils avaient une vie simple mais une vie épanouie. Elle n'avait pas connu les projecteurs de la gloire, la lumière, le spectacle. Elle n'avait pas grandi dans l'opulence. Elle n'avait pas vécu d'aventures palpitantes. Cela ne la rendait pas moins nostalgique de ces instants passés, car le plus précieux n'est pas dans ce que l'on possède, mais dans ce qui ne nous appartient pas. Peu importe le parcours de nos vies : les émotions, les sentiments ne s'achètent pas. Et ils ont plus de valeur que toutes les richesses matérielles de ce monde. Dans sa grande maison, seule, elle attendait que la pluie cesse enfin pour se promener dans son jardin et contempler les fleurs. Elles lui rappelaient le caractère éphémère de toute chose et lui faisaient oublier, l'espace d'un instant, l'immense vide qu'elle ressentait au quotidien. Alors que l'averse se calmait, les yeux fixés au loin, elle ne se rendit pas compte qu'il pleuvait encore : des larmes de pluie coulaient sur ses joues.

Lorsqu'elle eut repris ses esprits, la vieille dame les essuya, puis, alla se promener dans le jardin. Elle sélectionna des fleurs, encore mouillées des gouttes de pluie, coupa leurs tiges, les rassembla en un magnifique bouquet, puis retourna à l'intérieur de la maison. Après l'avoir mis dans un vase et placé ce dernier sur le rebord de l'évier de la cuisine, elle alla dans sa chambre. Elle s'installa à sa coiffeuse, puis, après s'être regardée dans le miroir, se maquilla légèrement. Elle redescendit ensuite dans le salon, prit et mit sa veste posée sur l'accoudoir du fauteuil. Elle récupéra le bouquet dans le vase, le secoua légèrement au-dessus de l'évier pour le débarrasser de son excédent d'eau. Elle se dirigea par la suite vers la porte d'entrée, et, en passant, attrapa une besace rangée sur le buffet du vestibule.

Aurélia fit la grimace habituelle et partit dans une légère quinte de toux, en réaction à la brûlure naissante dans sa gorge. Elle n'avait jamais vraiment apprécié le whisky mais faisait l'effort pour lui, qui aimait particulièrement déguster ce qu'il s'amusait à appeler « *le miel des papilles* ». Il était, au fil des années, devenu fin connaisseur ; et même s'il n'en faisait pas la collection, aimait de temps à autre, s'offrir une bouteille hors de prix pour se faire plaisir et pour ravir ses convives amateurs.

– Je crois que c'est la dernière fois, prononça-t-elle d'une voix à la fois éraillée et rieuse. Si ça ne te dérange pas, je t'accompagnerai avec un verre de vin à partir de maintenant. Ton « *miel* » n'est décidément pas fait pour moi.

Elle posa son verre à côté du sien sur le marbre gris et caressa furtivement celui-ci. Son regard s'attrista aussitôt sous la froideur de la stèle. Lui, avait la peau chaude. Elle avait toujours adoré se blottir contre lui durant les soirées d'hiver pour se réchauffer, pour le sentir. Après toutes ces années, elle ne s'en était jamais lassée. Et maintenant, seule sa bouteille de whisky lui tenait compagnie tous les samedis, dans le cimetière arboré où il avait choisi d'être enterré. Rares sont les fois où elle n'avait pas pu venir. Aurélia avait fini par surnommer ses visites « *leurs petits rendez-vous* ».
Le gardien des lieux ne s'étonnait plus à présent de la voir. Il s'était inquiété, les premières fois, avait même trouvé ça « *glauque* », mais avait rapidement compris que c'était sa manière à elle de faire son deuil. Peut-être était-ce aussi pour elle une manière de le garder près d'elle ? Lors de leurs discussions, il avait appris que sa famille habitait loin et qu'elle vivait seule dans une grande maison. Voyant les magnifiques fleurs qu'elle apportait régulièrement, il avait aussi appris que son époux et elle partageaient la passion du jardinage. Le gardien trouvait

la situation autant triste que belle. Aimer quelqu'un de la sorte, même après son départ : ils devaient être heureux tous les deux. Sans doute était-il son âme sœur ? Lui, ne l'avait pour l'heure pas trouvée, et se désespérait que cela arrive un jour : en trouver une qui pourrait le retenir ce serait pas mal quand même. Cette dame l'avait ému. C'est ainsi qu'il avait décidé de lui réserver une chaise pliante dans son appentis, qu'il lui installait à chaque fois qu'elle venait. Il prenait de ses nouvelles et soin des fleurs qu'elle laissait. Elle était très touchée par ses attentions.

Elle enleva délicatement une feuille d'arbre qui venait de se poser sur la tombe. Elle savait que ce qu'elle faisait n'était pas forcément normal aux yeux des autres. Peu importe s'ils trouvaient ça macabre, pathétique ou même ridicule. C'était sa manière à elle de lui rendre hommage. Même si elle savait qu'elle n'avait pas besoin de venir à cet endroit pour être avec lui. D'ailleurs, pour elle, il ne s'y trouvait pas. Il était présent quand elle regardait les photos et les vidéos nostalgiques. Il se trouvait dans les endroits où elle se trouvait, dans les regards de leurs enfants et petits-enfants. Il était présent dans ses pensées, dans ses réflexions, ses gestes, ses sourires. Elle le sentait près d'elle à chacun de ses pas. Après tous ces mois sans lui, elle sentait encore son parfum et entendait parfois l'écho de sa voix. Elle était uniquement attachée à ce lieu, car c'était l'endroit où elle avait réellement accepté de le laisser partir, du moins une partie de lui. Le lieu lui rappelait étrangement à quel point la vie l'avait gâtée lui offrant le plus beau des cadeaux le jour où elle l'avait rencontré. Elle sourit, imaginant sa réponse à la proposition du verre de vin. Il n'était plus là, mais partout à la fois.

Avant de sortir du cimetière, elle discuta un peu, comme à l'accoutumée, avec le gardien. Puis, elle marcha tranquillement, longeant de grands arbres centenaires, plantés le long de l'avenue, en direction de sa maison. Aurélia avait fait quelques pas, lorsqu'un son retentit dans sa besace. Elle s'arrêta, en extirpa son téléphone, et consulta l'écran. Le prénom de son gendre apparaissait sur ce dernier. Elle s'empressa alors de décrocher.

Ses bras étaient tellement chargés qu'elle ne savait pas si elle pourrait arriver à la chambre sans tout faire tomber. Aurélia était émue et excitée. Elle hâta le pas dans les dédales des couloirs de l'hôpital. Tout en s'efforçant de ne bousculer personne, elle s'étonna d'être encore surprise de la vitesse à laquelle la vie passe. Sa toute dernière, sa fille adorée, était désormais maman depuis quelques heures. Elle avait l'impression qu'elle la tenait dans les bras pour la première fois encore la veille. Son bonheur était double. Elle n'avait pas l'opportunité de voir souvent ses enfants et petits-enfants. Le trajet en avion fut un peu long et fatigant mais cela en valait la peine. Elle ferait une entorse au prochain rendez-vous avec son défunt époux. Mais elle savait qu'il comprenait. De toute manière, il était avec eux par la pensée. Il se tenait près d'elle à tout instant : elle le savait.

– Maman ! Tu en as dix fois trop ! Je t'avais dit qu'on n'avait besoin de rien. Chéri, aide-la avec les paquets.

Son époux s'exécuta avec empressement, le sourire jusqu'aux oreilles. Il déchargea Aurélia d'une partie de ses cadeaux et prit soin en même temps de refermer la porte qu'une infirmière avait aimablement ouverte pour aider la nouvelle grand-mère.

– Ce n'est rien ma puce, déclara la vieille dame sur un ton enjoué, en entrant dans la chambre. Juste deux ou trois petites choses. Une grand-mère digne de ce nom se doit de gâter un minimum son dernier petit-fils. Comment vas-tu ? Enfin, comment allez-vous tous les deux ?
– C'est à toi qu'il faut poser la question maman. Tu dois être épuisée après le voyage.
– Balivernes. J'ai pris l'avion dès que mon charmant gendre m'a avertie que le travail avait commencé. Il en faut plus pour abattre ta vieille mère. Je ne suis pas encore grabataire jeune fille, ajouta-t-elle sur un ton moqueur.

Elles éclatèrent de rire tandis qu'Aurélia posait un doux baiser sur le front de sa fille comme elle adorait le faire depuis toujours, pour chacun de ses enfants. La jeune mère avait son nouveau-né allongé sur elle. Celui-ci dormait profondément, visiblement repus par le repas que sa maman venait de lui apporter.

– Tu verras, je t'ai mis une crème maison pour les éventuelles crevasses. L'allaitement sera un moment précieux à chaque fois avec ton fils, mais peut-être douloureux aussi, chuchota-t-elle.
– Maman, essaya de rétorquer la jeune femme.

– Je sais, je sais, la coupa Aurélia. Je n'ajouterai rien. Hormis le fait que j'ai mis la recette de la crème avec le pot.

Elles se sourirent tendrement.

– J'allais chercher à manger. Vous voulez quelque chose ? demanda gentiment le jeune père.
– Non merci, tout va bien, répondit Aurélia. Posez-vous un peu. Je sais que la nuit a été longue. Je prends le relais.

Le jeune papa avait les traits tirés mais l'expression d'un homme comblé.

– Merci. Je reviens vite, dit-il. Un repas et un bon café pour moi, et ça ira. Et du chocolat pour la jeune maman, je n'oublie pas, ajouta-t-il en embrassant sa femme et son fils.

Il posa la main sur l'épaule d'Aurélia et s'éclipsa sous le regard attendri de son épouse. Une fois la porte refermée, lorsqu'elle tourna à nouveau la tête vers sa mère, assise sur le lit près d'elle, elle fut surprise. Aurélia contemplait le bébé. La tristesse se lisait sur son visage.
La vieille dame voyait son mari à travers le visage de son petit-fils. Les souvenirs de son dernier accouchement surgirent. C'était comme si c'était la veille. C'est sa fille que son mari tenait dans les bras, extasié, comme pour

chaque précédent accouchement : le moment fabuleux de la rencontre qui précède celui de la découverte l'un de l'autre. Aurélia revit son sourire tendre, ressentit à nouveau toutes leurs émotions communes éprouvées ce jour-là : la fatigue, la douleur de l'accouchement, effacées par tout l'amour qui emplissait la chambre d'hôpital cette autre fois. Comme aujourd'hui. La vie laisse place à la vie. Nous faisons tous partie d'un cycle. Le but de chaque être étant de le rendre le plus vertueux possible. C'est ce qu'Aurélia éprouvait en tous cas. Sa fille enleva une de ses deux mains posées sur son enfant et prit celles de sa mère.

– Ça va ?

Aurélia hocha timidement la tête.

– Oui, pardon. C'est juste que…
– Je sais.
– Il aurait été tellement heureux.

Les yeux des deux femmes s'embuèrent.

– J'en suis sûre, murmura la jeune mère. Il me manque tu sais.

Aurélia serra la main de sa fille pour la réconforter.

– À moi aussi. Mais il est là, différemment, certes, mais il est avec nous.
– Oui, répondit-elle, retenant ses larmes.
– Et donc, ajouta Aurélia après une grande inspiration en essayant de prendre un ton plus jovial. Vas-tu enfin me donner le prénom de ce petit prince ou voulez-vous garder le secret jusqu'à sa majorité ? Demanda-t-elle sur un ton moqueur. Ils sont coquins tes parents, dit-elle au bébé en se penchant doucement vers lui.

Sa fille releva la main sur la joue d'Aurélia et lui caressa affectueusement le visage. Elle esquissa un sourire aimant.

– Charles. Il s'appelle Charles… comme papa. Et on le surnommera Charlie, comme lui.

Aurélia, étonnée et touchée, ne put retenir ses larmes. Elle fut immédiatement rejointe par sa fille. Après un temps, la grand-mère réussit à bredouiller :

– C'est un très beau prénom. Le plus beau.
– Je t'aime maman, réussit à prononcer la jeune mère en sanglotant.
– Je t'aime aussi.

Elles se regardèrent et continuèrent à se parler ainsi pendant quelques secondes sans prononcer un mot. Puis, essayant de se ressaisir, Aurélia rompit le silence.

– Allez, on arrête les jérémiades. Que va penser ton mari s'il nous trouve dans cet état ? C'est jour de fête. Charles n'aurait pas aimé qu'on se larmoie.

Elles sourirent toutes les deux en admirant le nouveau-né. Aurélia se pencha à nouveau vers lui et déposa un tendre baiser sur son bras.

– Bienvenue à la vie, Charlie… Sois le bienvenu.

PÉTALES

Quand le temps se fige,
qu'il nous offre toute sa clarté ;
Quand la vie s'illumine
Et qu'elle nous laisse bouche bée,
Chaque seconde, même infime
Est un cadeau sacré.

Elle s'arrêta net et contempla le pétale de fleur blanche que la brise avait délicatement posé sur la pile de dossiers jonchant le bitume. C'était une belle journée. Une de ces journées de printemps où le soleil vous caresse le visage et où les parfums subtils des fleurs qui éclosent vous chatouillent les narines. Ludivine s'étonna de ne pas l'avoir remarqué. Pourtant, le bureau se trouvait juste à côté du plus grand et beau parc de la ville. Elle n'avait pas pris le temps ne serait-ce que d'y mettre les pieds depuis une éternité. Des visages anonymes la frôlaient sans la voir : personne pour l'aider à ramasser ses documents, personne pour lui demander si elle se sentait bien. Elle avait l'habitude de cette ambiance. Elle-même fonctionnait de la sorte depuis bien longtemps. Dans le tumulte de la multitude, chacun se laisse emporter : vers son travail, vers son domicile, vers les tâches quotidiennes comme les courses, vers des retrouvailles avec ses amis, vers un amant : vers ses propres priorités. Mais, sans qu'elle sache pourquoi, à cet instant précis, contemplant ce pétale de fleur, sa situation personnelle lui était insupportable. Elle eut l'impression soudaine de littéralement étouffer dans cette vie étriquée. Quand avait-elle pris le temps pour la dernière fois d'utiliser son téléphone afin d'appeler sa mère, et non ses patrons ou clients ? Quand avait-elle pour la dernière fois passé son week-end à lire et à s'occuper de ses roses qui se sont fanées depuis ? Quand avait-elle pour la dernière fois accepté l'invitation de ses amis pour se retrouver et partager des joies simples ensemble ? Elle ne recevait plus que de rares coups de fil, ces derniers s'étant lassés de ses refus et de son manque de temps.

***

Ludivine avait été, comme elle aimait le dire, « une enfant docile ». Petite, elle prenait toujours soin de ses affaires, et prêtait une attention particulière à ce que sa chambre soit la plus belle et la plus rangée possible. Il en était de même pour ses tenues. Elle détestait se salir, et évitait à tout prix toutes les activités qui risquaient de tacher ses robes, et même tenues sportives. Cela était parfois problématique, ses parents devant se justifier du fait qu'elle refuse catégoriquement de pratiquer tel ou tel sport, trop salissant à son goût. Ces derniers avaient même songé, devant l'insistance d'une institutrice, à emmener la fillette rencontrer un psychologue. Mais, étant donné qu'à part cela, tout allait pour le mieux, ils abandonnèrent ce projet, ne voulant pas créer des problèmes là où il n'y en avait pas. Ils lui avaient raconté qu'elle avait été un bébé adorable, faisant rapidement ses nuits, et ne pleurant que quand quelque chose n'allait pas. Ludivine avait du mal à croire à ce portrait parfait brossé ; cependant, cette description flatteuse lui avait maintes fois été utile, lorsque, par exemple, jeune fille, elle voulait passer l'après-midi chez une de ses amies, mais que ses parents étaient réticents. Ils avaient toutes les raisons du monde de lui accorder leur confiance.

L'adolescence avait été plus compliquée, chaotique à un certain moment même. Les traditionnelles questions sur son rapport au monde, sur son identité aussi, rituel obligé avant d'entamer l'âge adulte, émergèrent. Ludivine avait néanmoins souffert plus que la moyenne. Elle s'était rendu compte, à cette époque, qu'elle était plus sensible aux charmes des filles qu'à ceux des garçons de son âge. Son premier véritable amour se prénommait Mathilda. Malheureusement pour elle, les sentiments éprouvés n'étaient pas réciproques, cette dernière passant tout son temps libre avec son petit-ami Luc. Ludivine avait eu énormément de mal à comprendre ce qu'elle ressentait réellement, à l'accepter aussi. Elle n'avait, dans un premier temps, pas osé aborder le sujet avec ses parents. L'image de petite fille modèle forgée au cours de toutes ses années en aurait pris un sacré coup. Elle redoutait plus que tout le regard de son père. Il ne cessait de répéter que sa fille n'épouserait que le meilleur des jeunes hommes, si tant est qu'il existât. Il parlait des petits-enfants qu'il aurait. Elle avait largement le temps pour cela : elle devait penser à elle, à ses études, puis à son métier. Il refusait obstinément qu'elle soit femme au foyer, non pas qu'il trouvait cette fonction indigne ou honteuse, bien au contraire. Mais il s'était mis en tête que sa fille changerait le monde, qu'elle serait le symbole de la réussite et de l'indépendance de la femme. Aurait-il pensé autrement si elle n'avait pas été fille unique ? Ludivine appréhendait moins la réaction de sa mère. Mais elle était persuadée qu'elle serait, la nouvelle annoncée, prise d'un immense sentiment de culpabilité qui ne la quitterait jamais, comme si elle avait échoué dans son rôle de mère. Toutes ces hypothèses se mélangeaient sans cesse dans son esprit, empêchant la jeune fille de se confier. Elle transcrivait alors tout dans son journal intime. Ses parents avaient remarqué qu'elle s'était renfermée, mais avait accusé la crise de l'adolescence. Cela passerait. Tous les sentiments de Ludivine restèrent secrets, jusqu'à ce que sa meilleure amie de l'époque découvre, par hasard, ce fameux journal intime, et que, par déloyauté totale, décide de le lire, de prendre en photo certains passages, et de les publier sur le tchat de leur classe de lycée. Son motif ? Ludivine l'avait soi-disant trahie en lui cachant ses penchants amoureux. De plus, elle avait profité d'elle, la regardant toutes les fois où elles avaient fait des essayages de vêtements, elles qui adoraient être à la mode. Sans compter qu'elle devait sans aucun doute reluquer les filles dans les vestiaires, avant et après les activités sportives. Ludivine était forcément une obsédée perverse. Elle était avant tout vexée d'apprendre que sa meilleure amie était amoureuse d'une autre qu'elle. Quitte à être gay, pourquoi ne pas avoir craqué pour elle ? Elle avait bien évidemment passé ce dernier état de fait sous silence, la jalousie n'étant pas un motif valable. Pire, certains croiraient à tort qu'elle aussi aimait les filles.

    La nouvelle eut l'effet d'un tsunami qui dévasta tout dans la vie de Ludivine. Tout l'établissement fut rapidement au courant. Elle comprit ce qui se passait quand elle reçut les premiers messages de haine à son encontre. Elle découvrit l'ampleur des événements en accédant au tchat. Des parents, informés par leurs enfants, prévinrent l'administration, qui contacta aussitôt à son tour les parents de Ludivine. Elle n'eut pas l'occasion de voir leur réaction, ayant fait une tentative de suicide, en avalant tous les médicaments qu'elle avait pu trouver dans la pharmacie de la salle de bains. Ses parents l'avaient sauvée in extremis. Le lycée s'était alors divisé en deux camps : celui qui la fustigeait et regrettait même, pour certains, qu'elle ne soit pas morte ; celui qui la défendait, prônant la tolérance. Les parents de Ludivine furent attentionnés, compréhensifs. Cela se serait-il passé de la même manière si elle n'avait pas tenté de mettre fin à ses jours ? Elle ne le saurait sans doute jamais. Elle obtint néanmoins tout le soutien dont elle avait besoin, l'essentiel pour elle : celui de ses parents. Sa mère lui ordonna de ne plus jamais avoir honte de qui elle était. Elle lui expliqua que les cases n'étaient faites que pour rassurer les peureux, que les préjugés étaient une faiblesse des jaloux et des étroits d'esprit. Elle ajouta que Ludivine avait tout pour être fière d'elle, et que ce jugement avait une valeur inestimable, que dans une moindre importance, son père et elle étaient immensément fiers de leur fille, et qu'elle ne devait jamais en douter. Ces paroles eurent plus d'impact sur la jeune fille que toutes les séances de psychanalyse qu'elle suivit après ces événements. La situation resta tendue durant un certain temps au lycée, jusqu'à ce que Mathilda, terrée dans un incompréhensible mutisme sur le sujet, depuis qu'elle avait appris la nouvelle, se décide à parler. Contre toute attente, elle prit le parti de Ludivine, fit preuve d'une bienveillance et d'une maturité qui surprirent certains de ses amis. Si la principale intéressée défendait Ludivine, il n'y avait alors aucun souci avec la sexualité de cette dernière. La meilleure amie de Ludivine fut sanctionnée pour ses agissements. Elle subit, elle aussi des brimades des élèves, de ceux qui la considéraient comme une traîtresse sans cœur, intolérante. Sa famille décida, pour atténuer les tensions, de la changer d'établissement. Ludivine n'entendit alors plus jamais parler d'elle.

Forte des conseils prodigués par ses parents, elle se remit, poursuivit ses études, se plongea dans le travail : une manière pour elle de prouver qui elle était, et aussi de réaliser un des souhaits de son père. Elle voulait le remercier pour son soutien. Ses parents accueillirent à bras ouverts Laëticia, sa petite-amie qu'elle avait rencontrée à l'université. Leur relation fut fusionnelle, dura plusieurs années, mais ne résista pas à la mort du père de Ludivine. Il avait vu sa fille comblée, réussir professionnellement, être épanouie amoureusement. Cependant, la jeune femme ne pouvait s'empêcher de penser qu'elle n'avait pas eu le temps de le rendre totalement fier : elle n'avait pas encore atteint le poste de directrice générale qu'elle convoitait. Son père et elle en parlaient tellement souvent. Il espérait qu'elle atteigne cette marche ultime. Ludivine n'avait pas compris que, s'il était autant enthousiaste, c'était parce qu'il pensait que ce poste était un souhait cher au cœur de sa fille. Il était déjà entièrement fier. Après sa mort, pour ne pas assumer son chagrin, pour ne pas voir celui de sa mère, Ludivine se jeta corps et âme dans le travail, consacrant tout son temps libre à cela, même après des journées longues et harassantes dans l'entreprise qu'elle avait intégrée quelques années à peine auparavant. Laëticia fut tout d'abord compréhensive, puis, inquiète ; essaya de l'aider, puis de l'interpeller. Avec l'aide de la mère de sa compagne, elles discutèrent à de nombreuses reprises avec la jeune femme, en vain. En colère, puis lassée, leur couple implosa. La séparation eut, dans un premier temps, l'effet d'un électrochoc. Mais c'était trop tard pour leur histoire d'amour. Ludivine fit alors des efforts, sortit davantage, se fit de nouveaux amis, reprit contact avec des anciens, passa plus de temps avec sa mère qu'elle aimait par-dessus tout. Celle-ci en profita pour la rassurer et pour essayer de la libérer de ce sentiment de culpabilité qui la rongeait. Ludivine comprit, Ludivine accepta. Néanmoins, les mois passant, elle se laissa de nouveau happer par son travail, par le quotidien. Les motifs n'étaient plus les mêmes : la passion de son métier, l'envie de progresser, la satisfaction de donner, à chaque fois, le meilleur d'elle-même. Le résultat, lui, était identique.

***

Elle s'accroupit et commença à rassembler les feuilles éparpillées. Peut-on réellement manquer de temps ? Ou faisons-nous, tout simplement, des choix qui excluent ce qui devrait pourtant être l'essentiel ? Remettons-nous à plus tard par manque de temps ? Ou parce que l'on pense que l'on aura le temps de s'y intéresser plus tard ? Elle secoua la tête, essayant de se raisonner face à ces questions incontrôlées qui la submergeaient. Mais ces pensées parasites s'accrochaient obstinément comme un signal d'alarme. Le temps passe, cela était indéniable et il ne se rattrapait pas, cela aussi était irrémédiable. On est parfois tellement pressé d'avancer dans la vie qu'on en oublie parfois de vivre.

Elle se releva, le tas de dossiers emmêlés contre sa poitrine. D'une main, elle sortit son portable de son sac.

– Bonjour, maman. Comment vas-tu ? Je sais, ça fait un moment. Non, tout va bien, ne t'inquiète pas. Je voulais juste savoir... Est-ce que tu serais disponible pour m'accompagner à la pépinière ? J'avais juste envie... de planter des roses.

JOYEUX NOËL !

Cette histoire est le fruit de ma collaboration avec les lecteurs.
Cette nouvelle a, en effet, après une sélection parmi plusieurs propositions, été écrite en suivant les souhaits d'une de mes lectrices. Merci infiniment à **Corinne, de Saint-Victor-Sur-Loire,** *pour sa participation.*
Elle prend également toujours le temps et le soin de m'écrire, après avoir lu chacun de mes livres, pour me délivrer ses ressentis. Un partage essentiel, en toute bienveillance. Merci à Corinne. Merci à tous ceux qui ont participé. Merci à tous les lecteurs.

Quelques mots posés sur un papier.
Des lettres qui, assemblées, forment des sons.
Des sons, jouxtés, qui révèlent un nom.
Des mots, associés, qui créent une infinie d'idées.

À cette multitude d'idées entremêlées qui nous font voyager.
À cette vague d'émotions qui nous submerge lorsque nos pupilles déchiffrent raisons et déraisons.
À cette liberté retrouvée quand nous lisons.
À ce voyage que l'écriture permet.

À cette joie exacerbée au moment où le sens ne fait plus sens pour dépasser le sens de l'entendement.
Aux écrivains, aux écrits.
À la lecture, aux lecteurs.

À nos sous-entendus, à nos non-dits.
À vous tous qui ouvrez votre cœur.

– J'suis dans la merde. J'suis dans la merde.

Jacques ne cessait de marmonner cette phrase tout en avançant machinalement, les yeux dans le vague. Il ne regardait pas vraiment ce qui se trouvait autour de lui. Pourtant, c'était sa tâche. Être à l'affût du moindre changement, du moindre bruit suspect. Et des éléments à surveiller : il y en avait, surtout à cette époque de l'année. La galerie marchande regorgeait de décorations sur les façades et dans les allées, de lumières allumées inutilement la nuit. Inutile de sortir la lampe torche. Seules les musiques s'étaient arrêtées à la fermeture des grilles. Le brouhaha avait également disparu. Étonnamment, Jacques préférait faire ses tournées la nuit. Quand certains avaient besoin de l'émulation ambiante, lui, préférait, sans commune mesure, le calme. Il détestait la foule. Toutes ces personnes mercantiles et superficielles, qui ne pensent qu'à dépenser de l'argent qu'elles n'ont pas dans des futilités, pensant que ces objets leur apporteront un semblant de bonheur. Et ça fonctionnait. Il suffisait de regarder la béatitude dessinée sur leur visage après le passage en caisse. Quelle niaiserie ! « *Super ! Regarde ! Je viens de dépenser la moitié de mon salaire dans des conneries pour me plaindre à la fin du mois de ne plus avoir assez de fric pour manger.* » Alors, pourquoi ? Pourquoi, tout à coup, après des années à vivre avec l'essentiel, sa femme s'était mise à se plaindre ainsi ? Pire ! Pourquoi un tel ultimatum ?

Des bribes de la violente dispute émergèrent. Il n'avait jamais vu Thérésa dans un tel état de colère. Son regard était perçant. Il l'avait déjà déçue par le passé, il le savait. Mais son regard avait toujours été empli de compassion, voire de pitié parfois. Cela, il l'avait accepté. Personne n'est parfait après tout. Et elle savait qu'elle n'épousait pas Bill Gates. Peut-être qu'il aurait pu faire davantage d'étude, mais l'école, ce n'était pas son truc. Peut-être qu'il aurait dû accepter la promotion offerte par son employeur, mais, qui dit poste plus important, dit plus de responsabilité. Sans oublier toute cette paperasse supplémentaire à gérer : il n'en avait pas envie. Oui, la proposition de son beau-frère concernant ce fantastique projet professionnel était intéressante. La preuve : ce dernier avait réussi et avait même une résidence secondaire. Mais devoir déménager, alors qu'il avait grandi dans ce quartier : impensable. Et puis, travailler en famille était souvent source d'ennuis. La révolte de son épouse n'était donc absolument pas justifiée. Ce regard noir ulcéré, cette exaspération lisible dans le ton de sa voix et dans ses gestes. Pourquoi réagissait-elle ainsi aujourd'hui ? Après tout ce temps ?

Les mots s'entrechoquaient encore dans son esprit.

***

– J'en ai assez, tu entends ! C'est ta dernière chance ! J'ai tout supporté, mais là, j'en peux plus ! Je mérite mieux, t'entends ! J'ai toujours mérité mieux que ça ! Les enfants aussi ! Tes deux enfants n'ont rien demandé ! Ils sont sages, ils travaillent dur toute l'année. Ils méritent d'avoir ce qu'ils veulent pour Noël, au lieu d'entendre le sempiternel « *On ne peut pas. Vous devez vous estimer heureux déjà. D'autres n'ont rien.* » Mais je m'en fous des autres maintenant, t'entends ! Rien à battre ! Les autres : c'est nous ! Fais pas cette tête d'ahuri ! Oui, c'est nous ! On n'a jamais rien ! Je te préviens donc : soit tu te bouges, soit je pars avec les enfants ! On veut de vrais cadeaux pour Noël : pas des trucs achetés au rabais, qui se cassent au bout de deux jours ! Tu ne mettras pas sur le dos des p'tits que c'est leur faute parce qu'ils sont trop maladroits. Et moi ? Moi ?! J'en veux un, oui, un cadeau, pour une fois. Et ne pas sortir que la réparation du lave-vaisselle équivaut à un cadeau ! Car c'est de la merde ! Je me tue à la tâche, donc, je mérite d'être gâtée. Et pas un parfum bas de gamme. Je ne suis pas un objet pratique, bon à faire la cuisine, à nettoyer et à s'occuper des gosses. Tu ne voulais pas que je travaille en plus ? Ben assume maintenant !

***

Elle lui avait soudainement fait ce laïus et il en était resté bouche bée. Était-ce parce qu'elle remplissait justement le lave-vaisselle à ce moment-là ? Il avait fait un effort sur la qualité pourtant. Peut-être aurait-il dû l'aider à débarrasser la table. Il ne le faisait jamais, sans qu'elle dise quoi que ce soit d'habitude. Certes, elle soufflait et marmonnait. Mais les femmes faisaient sans cesse ça. Son copain Francis disait toujours « *Si une femme se plaint, c'est qu'elle est en bonne santé* ». Il aurait pu penser qu'elle était juste de mauvaise humeur, qu'il devait agir comme à l'accoutumée : faire profil bas. Mais il avait clairement compris qu'elle ne parlait pas à la légère. Déjà, ce n'était pas la période mensuelle compliquée. Il savait, quand c'était le cas, qu'il avançait en terrain miné, et que chacun de ces mots et gestes pouvait se retourner contre lui. Il s'arrangeait donc toujours pour être le moins possible à l'appartement. Toutes ses absences devaient néanmoins être justifiées, sous peine d'avoir un effet « boomerang » à son retour. Un de ses collègues de travail l'avait traité de fou lorsqu'il lui avait raconté ça. « *C'est ta femme, pas un monstre sanguinaire. Faut arrêter là. Tu t'imagines des trucs. Les menstruations n'ont rien à voir avec les reproches qu'elle peut te faire.* » Mais qu'est-ce qu'il y connaissait ce petit merdeux boutonneux d'à peine vingt ans ? De toute manière, écouter les propos d'un gamin qui utilisait le mot « menstruation » pour parler des ragnagnas aurait été stupide. Il faut se méfier de ceux qui utilisent des grands mots dans leur discours : ce n'est que de la foutaise. La colère de Thérésa n'était pas due non plus à une connerie qu'il aurait dite ou faite. Il avait été irréprochable ces derniers temps. En plus, il avait regardé le dernier match de foot chez Francis. Elle détestait voir tous ses copains débarquer et prendre leurs aises dans le salon, en lui ordonnant de leur passer des bières et des chips en contrepartie de quelques « compliments » misogynes. Sa lubie aurait pu venir d'une de ses copines. Il y en a une surtout, que Jacques ne pouvait pas sentir : Jeanne, une de ces féministes à l'orgueil démesuré qui le prenait de haut dès qu'elle le voyait. Elle n'arrêtait pas de pratiquer du bourrage de crâne avec sa femme. Ils s'étaient disputés plusieurs fois à cause de cette vipère. Mais là, elle n'y était pour rien. Ça faisait deux mois qu'elle était partie on ne sait où pour militer pour on ne sait quel droit des femmes non respecté. Elle avait presque réussi à convaincre Thérésa de partir avec elle, cette folle. Heureusement qu'il y avait les enfants. Sa femme l'avait regardée s'en aller avec amertume, Jacques, avec une joie incommensurable. Il avait donc beau se creuser les méninges : impossible de comprendre. Conclusion : c'était du sérieux, et il avait intérêt à se bouger fissa s'il ne voulait pas passer le réveillon tout seul.

Le vigile s'arrêta net devant la vitrine d'une boutique de lingerie. Il imaginait sa femme le remercier après qu'il leur offrit tous ces cadeaux. L'ultimatum aurait peut-être un côté positif après tout. Mais bon, étant donné qu'il n'avait clairement pas les moyens d'acheter tout ça, Jacques n'avait qu'une possibilité pour les obtenir. Et sa femme le savait pertinemment. C'est ça qu'il l'abasourdissait le plus : Thérésa, un exemple de probité et de justice, exigeait de lui qu'il fasse des trucs totalement illégaux. Elle devait vraiment être à bout.

– Bon, Jacques, t'arrête de reluquer les p'tites culottes. T'as une tournée à faire j'te signale. T'es vraiment un gros cochon quand même. T'imagines ta p'tite femme dans la nuisette bleue, j'suis sûr.

La déclaration de son collègue Fred se termina dans le grésillement du talkie-walkie qu'ils utilisaient pour communiquer. Cette intervention obligea Jacques à sortir de sa torpeur. Il agrippa l'appareil, appuya sur un bouton situé sur le côté, au sommet de celui-ci et lui répondit sèchement :

– Je t'interdis de parler de ma femme comme ça.
– T'énerves pas, s'éleva alors une voix amusée, je rigolais. Mais bon, peu importe sur qui tu fantasmes, faut bosser un peu quand même. Surtout que je me fais chier derrière ces écrans. Le Père Noël gonflable dans l'entrée a toujours la même gueule. J'peux plus le voir en peinture. Ça serait bien que tu me relèves. Moi aussi j'veux faire un tour et admirer les lingeries.

La réplique se termina par un rire rauque.

– J'arrive, déclara le mari dépité.

Il devait élaborer un stratagème, et un bon.
Les jours passèrent sans que Jacques n'agisse. Il espérait malgré tout que son épouse revienne sur sa décision. Mais c'était peine perdue. L'ambiance était extrêmement tendue à l'appartement depuis leur altercation. Thérésa ne parlait que lorsque cela était nécessaire. Elle n'essayait même pas de donner le change devant les enfants, alors qu'elle y mettait un point d'honneur lors de chacune de leur précédente dispute : c'était la guerre froide.
Un midi, alors que les enfants étaient à l'école et que Thérésa avait marmonné avoir des courses à faire pour ne pas à avoir à déjeuner avec lui, Jacques s'installa à la table de la cuisine pour élaborer un plan d'attaque. Il avait, pour l'occasion, sorti l'artillerie lourde : feuilles de papier, stylos et surligneurs volés dans la chambre de sa fille. Il avait prévu également le rationnement : un sandwich

jambon-mayonnaise élaboré par ses soins avec du pain de mie et ce qu'il avait trouvé dans le réfrigérateur. Il fit tant bien que mal une liste des possibilités et barra au fur et à mesure celles qui ne convenaient pas. Après cette étape fastidieuse, il se pencha en arrière sur sa chaise et se gratta, avec la main droite, l'arrière de la tête, tout en faisant la moue. Il n'avait pas trente-six solutions.

Il ne pouvait pas se procurer d'argent. Emprunter à quelqu'un était proscrit. Du côté de sa famille ? Ils avaient tous aussi plus ou moins des soucis financiers ; et ceux qui pourraient l'aider, utiliseraient cette excuse pour ne pas avoir à le faire. Il y avait bien son beau-frère du côté de la famille de son épouse, mais il s'empresserait de tout répéter à celle-ci, même si Jacques le suppliait de garder le secret. Ce serait un coup pour qu'elle lui reproche d'être incapable de subvenir seul aux besoins des siens. Elle partirait également donc. De toute façon, Jacques avait sa fierté : hors de question de mendier. Prendre rendez-vous avec le banquier ? Il ne pouvait pas le sentir ce fumier avec sa gueule d'ange enfarinée, prêt à tout pour escroquer les honnêtes personnes comme lui. Il lui demanderait en plus de remplir une tonne de paperasses et de fournir des garanties de remboursement qu'il n'avait pas. Impossible alors. L'idée de le braquer lui avait traversé l'esprit. Cela aurait été assez jouissif, se l'avoua-t-il. Mais les banques étaient de nos jours inattaquables : les employés n'accédaient plus comme avant à l'espèce. Sans compter que Jacques n'y connaissait absolument rien en braquage : il n'aurait pas passé la porte d'entrée de la banque qu'il aurait été arrêté. Un fourgon blindé ? Encore moins. Il n'avait pas d'arme, même factice. De toute manière, contre les agents qui protègent ces transferts, il n'avait aucune chance, hormis la possibilité de finir aux urgences, si ce n'est pire.

Il avait noté sur la feuille l'éventualité de cambrioler une bijouterie ou un truc du genre. Il ne pourrait pas garder les objets volés au risque de se faire démasquer. Il faudrait donc les revendre. Dans l'optique qu'il réussirait l'exploit de dévaliser une bijouterie, encore faudrait-il connaître des receleurs, et croiser ensuite les doigts pour ne pas se faire avoir au moment de la transaction. Inconcevable par conséquent. De la mayonnaise atterrit sur sa feuille alors qu'il était en pleine réflexion. Il mâchait lentement un morceau du sandwich qu'il tenait à présent dans les mains tel un ruminant dubitatif face à un pré rempli d'herbe fraîche auquel il ne pouvait accéder. Il essuya le document avec un doigt et lécha ce dernier pour récupérer la sauce, ne lâchant pas du regard la dernière ligne non barrée sur son plan d'attaque. Il ne restait qu'une possibilité et qu'un seul endroit où il pouvait commettre l'irréparable : le centre commercial. Il y travaillait de nuit, pouvait accéder aux magasins et se servir directement, en prenant uniquement ce dont il avait besoin. Subsistait la question cruciale : comment ? Jacques, après avoir avalé la dernière bouchée de son repas, s'essuya les mains et la bouche avec le torchon de cuisine posé sur la table. Il saisit un stylo et se remit à griffonner. Il entoura, surligna des mots, fit des flèches et même des dessins. Après une bonne heure de dur labeur, il admira le résultat, visiblement fier de lui. Il opina de la tête, comme pour valider lui-même le résultat. Il agirait le samedi soir. Il serait de garde, il aurait plus de temps, le centre étant fermé le dimanche, et il travaillerait avec Fred cette nuit-là. Ce benêt, à deux doigts de la retraite, serait facile à gérer. Jacques se leva et fit une pile avec toutes les feuilles dispersées. Devait-il mettre Thérésa dans la confidence ? Elle croirait sûrement qu'il lui demandait une aide quelconque ou son aval. Son silence était éloquent : elle voulait qu'il lui montre qu'il était capable d'agir de manière autonome, en prenant des initiatives. Il devait donc garder tout cela pour lui jusqu'à ce qu'elle lui pose la question. Il pourrait alors tout lui raconter dans les moindres détails, se délectant de la voir boire toutes ses paroles, admirative de son héros.

Le temps était couvert ce jour-là, lorsque Jacques arriva au centre commercial. Après avoir procédé au rituel de la mise au point lors du changement d'équipe, Fred et lui s'installèrent devant les écrans, attendant sagement que l'équipe fasse la fermeture avant de partir. Jacques essayait de paraître naturel mais se sentait fébrile. Il était sûr de lui, néanmoins il n'aurait jamais imaginé un jour avoir à faire ce genre de choses. Il faisait semblant de fixer les images renvoyées par les caméras, souriant à peine aux plaisanteries habituelles de son collègue, ce qui n'échappa pas à ce dernier.

– Oh ! Qu'est-ce que t'as ce soir ? Si c'est pour tirer la tronche comme ça, la nuit va être longue.

Jacques devait absolument se ressaisir. Aucun malaise, aucun doute ne devait apparaître.

– Désolé, Fred. C'est pas toi, c'est ma femme. Elle m'a pris la tête aujourd'hui.

– Ah ! J'en étais sûr ! Ces gonzesses : toujours à nous faire chier pour un « oui » ou pour un « non » ! T'as qu'à faire comme moi. Tu la largues et à toi la liberté mon vieux.

Jacques tourna la tête vers lui avec un air dubitatif.

– Je croyais que c'était elle qui t'avait quitté.
– Oui, bon, tu m'as compris. C'est pareil. Si elle ne l'avait pas fait, ç'aurait été moi. On s'est rendu service en fait. J'te jure, bredouilla-t-il. Après réflexion : aucun regret… Bon, j'attaque un premier tour si ça te va. Ils ont presque fini, donc…

Fred s'empressa d'avaler la fin de son premier café de la soirée et, gêné, disparut à toute vitesse.
Jacques esquissa un sourire. Il ne manquait pas d'air : sa femme l'avait quitté pour partir avec le voisin qui avait gagné au tiercé. À l'heure qu'il est, ils étaient sans doute en train de se dorer la pilule au soleil. Tu parles d'un service mutuel rendu. Au moins, sa remarque lui avait permis de gagner un peu de tranquillité. Il voulait justement que Fred commence la tournée. Cela lui laissait le temps de mettre en place son stratagème. Il se leva et alla jeter un coup d'œil dans le couloir. Il revint dans la salle de garde et ferma précautionneusement la porte derrière lui. Il se dirigea vers une petite armoire à clés, fixée sur le mur en face des écrans de surveillance. Il se retourna pour regarder brièvement l'un d'eux. Fred était à

l'entrée, vers le Père Noël, et discutait avec un autre agent pendant que celui-ci fermait l'entrée principale. Il se détourna et ouvrit l'armoire. Il balaya du doigt les différentes clés entreposées, en choisit trois et les fourra dans une des poches de son pantalon. Il referma délicatement le petit meuble. Il se dirigea ensuite sur sa gauche et souleva le couvercle d'un grand boîtier métallique. La respiration de Jacques s'accéléra et s'intensifia, signe d'une anxiété grandissante face à la nouvelle tâche à accomplir. Il n'avait pas le droit à l'erreur. Il devait appuyer sur les bons boutons afin de désactiver les alarmes des magasins choisis. Tout était variable. L'homme se souvint soudain à quel point il avait été étonné quand il avait appris que toutes les clés du centre commercial avaient leur double, regroupés au même endroit dans celui-ci. Après réflexion, cela paraissait logique. Ils devaient pouvoir accéder facilement et rapidement à chaque zone du bâtiment en cas de souci, d'incendie par exemple. Il en était de même avec les alarmes. Ils devaient pouvoir les désactiver si nécessaire ; de plus, c'était un moyen efficace pour vérifier si l'une d'elles était en panne. Certains boutons géraient des secteurs en entier quand d'autres n'étaient attribués qu'à des magasins spécifiques, sans compter ceux de la galerie en elle-même. Un faux geste et un son strident retentirait dans l'édifice. Son collègue, et la police rappliqueraient en moins de deux, et le pauvre homme ne voyait pas comment justifier ce déclenchement. De la même manière, s'il se trompait et que Fred s'apercevait que des voyants d'alarme, dans la galerie, étaient éteints lors de sa tournée, il viendrait aussitôt vérifier et se rendrait compte en ouvrant le boîtier que quelqu'un y avait touché. Jacques avait pris soin de relever les numéros vers les alarmes durant les nuits précédentes. Sachant qu'un de ses collègues avait à chaque fois les yeux rivés sur lui, il n'avait néanmoins pas pu les noter sur le champ. Il les avait par conséquent appris par cœur pour les écrire, une fois seul. Il avait ensuite, lors des tournées suivantes, vérifier que sa mémoire ne lui avait pas fait défaut, se répétant encore et encore les chiffres jusqu'à les tatouer dans sa mémoire. Il était désormais temps de vérifier qu'il ne s'était pas trompé. Il chercha la première suite de chiffres, arrêta son doigt au-dessus du bouton lorsqu'il la trouva. Il regarda plusieurs fois pour être certain d'avoir bien lu. Il prit une inspiration et pressa le poussoir. Rien. La petite lumière provenant de la LED s'éteignit. Jacques retira sa main et la passa sur sa bouche tout en expirant. « *Plus que deux* », pensa-t-il. Il ne devait pas traîner. Il jeta à nouveau un coup d'œil sur les écrans, et après un instant, aperçut Fred qui déambulait dans une des allées. Il était maintenant seul dans la galerie. Jacques explora ensuite à nouveau l'intérieur du boîtier, à la recherche de la seconde liste de chiffres. Une fois aperçue, il procéda de la même manière que la première fois, avec le même résultat.

– Encore une et ce sera bon mon pépère, se murmura-t-il pour se donner du courage.

Il analysa à nouveau les numéros et trouva le dernier bouton. Il prit une bouffée d'air, bloqua sa respiration, appuya sur le poussoir quand, soudain, un grésillement et un son grave retentit dans la pièce.

– Eh ! C'est moi ou le père Noël gonflable a grossi ?

Jacques sursauta et manqua d'appuyer sur un autre bouton de l'appareil en retirant diligemment sa main.

– Eh, Jacques, tu m'entends ? Tu fais encore la gueule ?

L'homme, perdu, était pris d'un vertige. Il comprit en quelques secondes que ce son était la voix de son collègue, provenant du talkie-walkie accroché à sa ceinture. Il essaya de reprendre ses esprits, en s'appuyant sur le bord de la table sur laquelle était installé le dispositif d'alarme, et serra sa main sur l'appareil pour répondre :

– Non, non. Pas du tout. T'inquiète. Le père Noël ? Euh… Ben… Ils l'ont peut-être un peu regonflé.
– Ouais, ou il s'est gavé de sucreries, rétorqua la voix en gloussant.

Elle ajouta dans la foulée :

– Dis-moi, t'es sûr que ça va ? T'as une voix bizarre.
– Bizarre ? Comme quelqu'un qui parle dans un talkie-walkie tu veux dire ? Reprit Jacques, essayant de prendre un ton plus posé.

Il relâcha la pression de sa main sur l'engin, prit deux grandes inspirations pour totalement se calmer, se dirigea vers le poste de surveillance, atteignit le fauteuil situé devant les écrans, s'y installa puis se mit à observer Fred. Il essayait de déchiffrer son attitude. S'il devenait méfiant, tout tomberait à l'eau. Le vigile décrocha l'appareil et le ramena vers son visage et attendit que Fred se remette à parler.

– Y a un truc qui cloche ? Tu veux que je remonte ?
– Non, répondit-il, c'est bon... C'est que... Je suis aux toilettes en fait.

C'est la seule excuse qui traversa l'esprit de Jacques. Il ne savait vraiment pas pourquoi.

– Ah ! S'esclaffa Fred. Fallait le dire tout de suite ! Je te dérange en pleine grosse commission. Toutes mes excuses monsieur ! C'est un moment sacré, je le sais. Je te laisse tranquille. Traîne pas trop quand même. Si ça dure, je dois prendre le relais devant les écrans : c'est la règle.

Jacques l'aperçut alors sur l'image se plier en avant tout en redressant son fessier, faire la grimace, puis éclater de rire, seul devant le magasin de sport.

– Quel con celui-là, se dit-il à voix haute. Je fais vite, ajouta-t-il, en utilisant à nouveau leur moyen de communication.

Fred se tenait le ventre à force de rire. Jacques réinstalla le talkie-walkie à sa ceinture. Il se pencha alors en avant, posant les coudes sur ses jambes. Il enfouit sa tête dans ses deux mains.

– Mais qu'est-ce que tu fous Jacques, qu'est-ce que tu fous bordel ? Grommela-t-il. Tout ça pour une bonne femme. Merde. J'suis dans la merde.

Il avait beau se plaindre à cet instant, il savait qu'il ne réalisait pas tout cela pour une femme, mais pour la femme. Sous ses airs d'ours mal léché, il aimait Thérésa, il l'aimait plus que tout. Et il aimait profondément ses deux bambins aussi, même s'il ne leur montrait pas comme il le devrait. Il ne supporterait pas de les perdre : c'était sa famille. Elle valait donc bien tout ce bazar. Il se pencha en arrière, dos accolé au fauteuil, et contempla le plafond quelques instants. Puis, il se redressa brusquement et alla de nouveau vers le boîtier métallique. Il le referma prenant soin de bien le verrouiller. Il scruta ensuite la pièce pour être sûr que rien n'avait l'air suspect. Fred avait bientôt fini sa tournée. Jacques alla vers le coin « cuisine » et prépara deux tasses de café. Une fois celui-ci écoulé, il sortit un petit sachet de poudre blanche de la poche de sa veste et versa le contenu dans le café de Fred en prenant soin de bien remuer. Une fois vide, il rangea le contenant là où il l'avait pris. Il ajouta du sucre dans la tasse, un morceau de plus qu'à l'accoutumée, espérant que le goût ne serait pas étrange. Il avait mis du temps avant de trouver le bon laxatif sur internet, un, sans goût prononcé, qui agisse rapidement et qui soit puissant. Il était sorti de son quartier pour aller l'acheter en pharmacie, afin de passer inaperçu. Il avait ensuite pris le temps d'écraser plusieurs comprimés afin d'obtenir la consistance désirée. Il avait bien sûr vérifié la posologie avant. Dans le doute, pour être certain que cela soit efficace, il avait ajouté un comprimé. Un en plus : ce n'est pas la mer à boire. Tout en remuant la cuillère à café, Jacques s'étonna de tout ce qu'il avait accompli jusqu'à lors. Il n'aurait jamais pensé être capable d'autant d'ingéniosité. Il se sentait étrangement submergé par un sentiment de fierté. Fred ouvrit la porte, extirpant son collègue de ses rêvasseries. Jacques tressaillit, manquant de peu de renverser la tasse. Le nouveau venu avait le sourire jusqu'aux oreilles.

– Alors ? Soulagé ?
– Quoi ? Demanda Jacques, perplexe.
– Ben, après le passage aux toilettes, quoi !
– Ah. T'es encore sur ce sujet ? Lança le vigile rasséréné.
– Mais je m'inquiète pour toi, mon ami. Avoir un bon transit est essentiel. Tu m'as préparé un café ? Tu me connais par cœur, toi. Je ne vois pas de quoi ta femme se plaint. Tu es toujours aux petits soins… pour moi.

Il esquissa un sourire narquois en ayant prononcé ces mots. Il saisit la tasse tendue par Jacques. Ce dernier prit aussi son café, se disant qu'il n'en préparait jamais pour Thérésa. C'était toujours elle qui le faisait. Ils s'installèrent tous les deux dans les fauteuils devant les écrans.

– Tu me diras ce que tu en penses quand tu passeras devant le Père Noël.
– Décidément, quand t'as un truc en tête…
– J'aime pas les changements. Et puis, faut bien s'occuper, c'est d'un ennui mortel la nuit.

Jacques ne pouvait s'empêcher de dévisager son collègue, attendant fébrilement qu'il avale la première gorgée du breuvage. Il fallait qu'il ne se rende compte de rien.

– Y a un truc bizarre avec le café, lança soudain la victime.

Jacques déglutit. Si Fred se rendait compte d'un goût étrange, soit il jetait le café, soit il le buvait, mais ferait forcément le lien une fois malade. Dans les deux cas : ce serait un échec cuisant, même pire.

– Ah ouais. J'trouve pas. Quoi donc ? Balbutia Jacques, le nez plongé dans sa tasse.

– Il est vachement sucré. Tu m'aurais pas mis trois morceaux de sucre, comme pour toi, au lieu de deux ?
– Ah… Euh… Peut-être. Je t'avoue que je n'ai pas fait attention. Désolé.

Fred le regarda, circonspect.

– Pas grave pour cette fois. Mon pauvre, elle te met dans un état, ta femme. Arrête de gamberger. Ça ne changera rien à la situation.
– T'as raison sur ce point, admit son collègue.
– Mais j'ai toujours raison ! Tu le sais pas encore ?

Jacques se mit à rire. Il ne savait pas vraiment si c'était la remarque de Fred ou le soulagement de comprendre qu'il ne s'était aperçu de rien qui provoquait cette réaction. Peu importe, cela lui faisait du bien. Il ne restait plus qu'à attendre que les comprimés agissent.
La nuit était déjà bien entamée ; plus il tardait, moins il aurait du temps pour mettre tout son plan à exécution. Il enchaînait, comme d'habitude, les sujets de discussion avec Fred. Mais il les trouvait ce soir-là toutes aussi inintéressantes les unes que les autres. Il retrouva de l'enthousiasme quand il se rendit compte que son interlocuteur commençait à se tortiller dans son fauteuil. Il attendit encore un peu, puis, osa poser la question :

– Ça va, dis ? Pourquoi tu bouges comme un ver ?

– J'sais pas, bougonna Fred. J'ai mal au bide. J'aurais peut-être pas dû essayer ces tortillas au snack du coin. Il m'a dit que sa nouvelle recette était super. Tu parles !

Cette information tombait à point nommé pour le voleur. Jamais Fred ne ferait le lien avec le café. Quelle aubaine ce snack !

– Je dois faire ma tournée, mais, si tu veux, je reste avec toi, annonça Jacques, sur un ton faussement bienveillant.
– Non, non, déclara le malade qui gesticulait de plus en plus sur son siège, ça va le faire. Au pire, un p'tit tour aux toilettes comme toi, et ça sera réglé.

Fred se força à sourire pour rassurer son collègue. Jacques le lui rendit. Si seulement il savait.

– OK. J'y vais, mais tu me préviens si tu dois quitter ton poste. Je reviendrai te relayer.
– Oui, bien sûr. T'inquiète, je vais gérer.
– Tu me préviens, insista Jacques en sortant de la pièce.
– Oui, oui. File.

En refermant la porte, le coupable entendit son collègue vociférer :

– Bordel de merde !

Le comprimé en plus était peut-être de trop, pensa-t-il alors, pris de remords. Jacques secoua énergiquement la tête en descendant les escaliers. Ce n'était pas le moment d'avoir des regrets. Il ne pouvait plus reculer. Il ne devait pas oublier l'objectif, et, surtout, ses motivations. Son camarade s'en remettrait. La suite du plan était claire : il devait attendre que son collègue quitte son poste afin de pouvoir agir. Tant que Fred restait devant les écrans, il était pieds et poings liés. Il croisait donc les doigts pour qu'il n'essaie pas de résister longtemps, et pour qu'il le prévienne. Il commença à faire le tour comme à l'accoutumée, mais plus lentement. Fred devait absolument réagir avant la fin de sa tournée, autrement, c'était fichu. Au bout de quelques minutes, l'impatience prit le dessus : Jacques décida de demander à Fred, via le talkie-walkie, si tout allait bien. Après tout, ce dernier ne trouverait pas étrange que son collègue s'inquiète pour lui. Il n'eut cependant pas le temps de mettre la main sur l'appareil qu'un grésillement en sortit.

– Désolé, Jacques, j'en peux plus. Je vais aux toilettes. Je pense que j'en ai pour un moment. Remonte dès que tu peux.

Le coupable se retint de sourire même si la satisfaction était grande : Fred était sûrement encore devant les écrans.

Il prit une mine soucieuse et fit demi-tour, se dirigeant vers la salle de surveillance.

– OK. Je prends le relais.

Il avança sans se presser. Il laissa passer deux bonnes minutes avant de s'arrêter. Il leva alors les bras et les bougea au-dessus de sa tête, en direction d'une des caméras, tout en faisant semblant de parler. C'était la meilleure manière de savoir si Fred était encore dans la salle de surveillance. Si celui-ci répondait, il avait prévu de lui raconter qu'il pensait, à tort, que son talkie-walkie était HS, afin de justifier sa pantomime. Aucun son ne sortit de l'appareil pour la plus grande joie de Jacques. Il changea aussitôt de direction et se mit à courir. Il avait choisi l'ordre dans lequel il devait agir. Il commencerait par récupérer les jouets des enfants, et s'occuperait ensuite de la bijouterie, pour sa femme. Il n'avait pas une minute à perdre.

Sans une hésitation, il arpenta les allées qu'il connaissait par cœur. Il ne lui fallut donc que quelques secondes pour arriver devant le magasin de jeux vidéos. Il savait que son fils voulait par-dessus tout la nouvelle console de jeux vidéo en vogue, sortie à peine un mois auparavant. Et deux jeux fantastiques dont tous ses camarades parlaient. Jacques, n'avait rien retenu de ces histoires, si ce n'est qu'il y avait du sang, de la violence et des meurtres. Il lui avait rétorqué, la dernière fois que son fils le bassinait avec tout ça, de regarder les actualités : pas besoin de dépenser de l'argent pour voir des horreurs. Là, c'était du direct, c'était réel et c'était gratuit. Thérésa s'était alors fortement énervée, trouvant sa remarque atroce. Et son fils, avait filé dans sa chambre, en bougonnant. Jacques avait donc regardé au préalable sur Internet pour se souvenir du nom de l'appareil, et surtout voir à quoi ressemblait l'emballage, pour ne pas perdre du temps à décrypter toutes les boîtes dans le magasin. Il avait choisi deux jeux au hasard, qui apparaissaient avec la console, et qui avaient l'air de correspondre à ce que son fils lui avait raconté. Ce magasin n'avait pas de grille. C'est d'ailleurs pour cela que Jacques l'avait sélectionné : c'était un gain de temps, et il ferait beaucoup moins de bruit. Il sortit les trois clés subtilisées quelques heures plus tôt, ainsi qu'un petit papier de l'autre poche de son pantalon. Il avait minutieusement noté tous les noms sur celui-ci, pour conforter ses choix, une fois les boîtes trouvées. Il inséra une première clé dans la serrure, mais ce n'était pas la bonne. Jacques souffla fort. Il sentait une première goutte de transpiration perler sur son front. Il ne faisait pourtant pas chaud. Il devait absolument garder son calme s'il voulait réussir. Il rangea la clé dans sa poche et utilisa une des deux autres. Il ne put s'empêcher de lâcher un petit cri de victoire lorsque celle-ci tourna dans la serrure, déclenchant un bruit mécanique d'ouverture. Le cambrioleur appuya sur la poignée, puis se glissa dans l'entrebâillement de la porte. Il n'irait pas dans le local de stock. Il était lui-même fermé à clé, et c'était trop compliqué de fouiller dans ce bric-à-brac. Il se servirait dans les rayons, prenant soin de décaler la boîte suivante afin de combler l'espace vide créé, au cas où. Un des employés était peut-être un grand maniaque. Jacques ne devait rien laisser au hasard. Inutile sur le moment de sortir sa lampe torche : les lumières de l'allée et des décorations dans la vitrine étaient amplement suffisantes pour l'éclairer. Il balaya du regard le magasin spécialisé. Sa tête effectuait des oscillations rapides, ses yeux passant sans discontinuité de son papier aux rayons autour de lui. Il repéra rapidement la console, installée en tête de gondole. Il se précipita vers elle, vérifia la concordance du nom avec ce qu'il avait écrit, et saisit une de boîtes. Par chance, les boîtiers des jeux vidéos avaient été installés en évidence, près de la pile de consoles. « *Tout est fait pour que les gens dépensent* », murmura-t-il en se servant. Il réalisa immédiatement l'ironie de sa pensée, lui qui n'allait pas dépenser un centime pour tous ces objets hors de prix. Il serra les trois fruits de son délit contre son torse et sortit promptement du magasin. Il posa tout par terre et referma minutieusement la porte à clé. Il ouvrit sa veste, et sortit un morceau de tissu plié, d'une des poches intérieures. Les tenues de vigile étaient astucieuses, se dit-il. Il le secoua vigoureusement, l'étoffe se transforma instantanément en un immense sac avec deux lanières. Le nouveau malfaiteur ramassa les objets volés et les fourra dans celui-ci. Jacques emporta ensuite le tout diligemment vers le magasin de jouets.

Sur le chemin, il ne put s'empêcher de jeter un coup d'œil à l'une des caméras de la galerie. Où en était Fred ? Allait-il bien ? Cela ne faisait que quelques minutes, et pourtant, Jacques avait l'impression qu'une heure s'était écoulée. Il avait prévu de s'occuper du cadeau de sa fille, puis de contacter son collègue pour évaluer la situation. S'il ne pouvait pas prendre le bijou durant cette tournée, il ferait en sorte de terminer durant la tournée suivante. Il en restait une après celle-ci : la dernière de la nuit. Elle devait être réalisée par Fred, mais il ne serait normalement pas en état. Au pire, il avait prévu un autre petit sachet pour lui : des somnifères. Mais il avait un peu peur du dosage.

Autant, un laxatif, c'est gérable, autant, une surdose de somnifère peut être très dangereuse. Il ne voulait donc requérir cette méthode qu'en dernier recours. « *Pas le moment, on verra ça après, mon vieux* », pensa-t-il.

Il arriva devant le magasin de jouets et procéda de la même manière qu'auparavant. Si l'entrée fut aisée, le cadeau de sa fille serait plus compliqué à trouver. Elle souhaitait avoir une panoplie d'une poupée qu'elle adorait avec son attirail : van, animal de compagnie et ladite poupée bien sûr, non vendue avec, ce serait trop simple autrement... et trop cher surtout. On avait bizarrement moins la sensation de payer cher lorsqu'on achetait chaque objet d'un tout séparément. Si, en définitive, cela revenait exactement au même, psychologiquement, cela faisait une réelle différence. Et ça, les fabricants l'avaient bien compris depuis longtemps. Jacques dut, cette fois, sortir sa lampe torche. Il se dirigea vers la zone des poupées et arpenta les rayons avec attention. Après une courte recherche qui lui parut une éternité, il reconnut enfin la demoiselle en plastique, vue sur Internet, que sa fille vénérait avec tant de passion. Il vérifia, néanmoins le nom sur son papier pour être sûr, puis, prit le sésame. Il se mit ensuite en quête de la panoplie « voyage » en cherchant le kit « van et tout ce qui va avec, chien compris ». Le hors-la-loi avait malheureusement plus de mal à trouver, il commença à s'agacer, grommelant quelques injures envers les entreprises de distribution et de fabrication. « *Quelle idée de faire tant de choses ? Pourquoi en mettre tant dans les rayons ? Est-ce qu'on avait tout ça avant ? Non. Et on a très bien vécu pourtant. Vastes conneries.* » Alors qu'il commençait à désespérer, la précieuse boîte apparut sous la lumière de sa lampe torche, comme un miracle. C'est dans un mélange de nervosité et de délectation que Jacques s'enfuit du magasin, les bras chargés. Il avait passé plus de temps que prévu dans ce lieu. Il devait faire vite et appeler Fred. Il déposa l'attirail près du grand sac qu'il avait laissé dans la galerie, vers la porte, et referma cette dernière. Il s'accroupit ensuite pour remplir, ce qu'il considérait désormais être, sa hotte du Père Noël. Il imaginait, avec une joie non dissimulée, les visages de ses enfants au moment d'ouvrir les paquets.

– Tu fais quoi là ?

Jacques cessa instantanément de bouger. Il était pétrifié. Durant quelques secondes, il se persuada que c'était son imagination, qu'elle lui jouait quelque tour sordide, pour le ramener à la réalité des faits.

– J'te parle, ajouta sèchement la voix.

Il ne rêvait pas, ce n'était pas son imagination. C'était bien la voix de Fred. Et elle ne résonnait pas dans le talkie-walkie. Jacques, leva lentement la tête et aperçut les chaussures noires de sécurité de son collègue, puis, le pantalon sombre de vigile, les mains de ce dernier, posées sur sa ceinture, juste en dessous de son ventre bedonnant. La bouche entrouverte, les yeux soudain embués, Jacques releva davantage la tête et vit le visage fermé et grave de Fred. Il déglutit. Il n'était clairement plus aux toilettes.

– Attends... Je... Je vais t'expliquer, balbutia le coupable, qui savait pertinemment qu'il n'avait aucune excuse à formuler.
– Alors là, j'attends de voir, répondit Fred, visiblement énervé. Je suis en train de me vider aux toilettes. Je profite d'une accalmie pour sortir et venir te voir dans la salle de surveillance afin de te remercier d'avoir pris le relais, parce que je suis trop con. Et là : personne. J'me gratte la tête, alors que mon bide commence à nouveau à me faire mal. Et qui vois-je sur un des écrans, au moment où je veux retourner aux chiottes ? Mon cher et gentil collègue Jacques, en train d'entrer dans un magasin de jouets. J'y crois tellement pas sur le coup que je suis obligé de me frotter les yeux. Mais si : c'est bien lui, le con.
– Non... Mais c'est pas ce que tu crois...
– La ferme ! Le coupa le malade. Là, ça s'enchaîne vite dans ma tête. J'comprends plein de trucs tout à coup : ton attitude bizarre, le fait que tu ne ris pas à mes blagues comme d'habitude, et le café. Là, ça fait tilt ! Le café.

Le visage de Jacques blêmit.

– Ben oui, continua Fred, qui avait senti qu'il avait maintenant toute l'attention de son interlocuteur. C'est pas ce que j'ai mangé au snack qui m'a rendu comme ça, hein ? C'est toi ? T'as mis un truc dans mon café. C'est pour ça que tu me regardais bizarrement quand je le buvais. Tu t'es dit : « *Je vais lui foutre la diarrhée à ce con de Fred, et pendant qu'il sera sur le trône, j'en profiterai pour faire mes emplettes de Noël.* » Parce que tu peux pas faire comme tout le monde : faire les courses la journée, quand c'est ouvert, et qu'il y a les caissières !

Jacques fixait Fred sans réellement le regarder. Il imaginait déjà la suite des évènements : la police, la prison, sa femme qui le quitte. Il ne savait plus s'il devait dire quelque chose ou pas. À quoi cela servirait-il de toute manière ? Rien ne pouvait le dédouaner.

– Mais dis quelque chose, bon sang ! Cria alors son collègue, désormais penché vers lui, le regard ulcéré.

Jacques, dépité, s'assit de tout son poids sur le sol carrelé. Il se recroquevilla, passa les bras autour des jambes et posa son menton sur ses genoux. Fred pouvait distinguer des larmes couler le long de ses joues.

– J'voulais pas la perdre, murmura-t-il enfin. J'voulais pas.

Fred fronça les sourcils, interloqué. Il s'approcha d'un pas vers le coupable, et s'agenouilla devant lui.

– De quoi tu parles ? Demanda-t-il.

Il avait une voix plus posée.

– Thérésa, j'voulais pas la perdre. C'est pour ça. J'aurais jamais fait tout ça sinon.
– C'est elle qui t'a demandé de voler des jouets ?
– Oui… Non.
– Écoute, sois clair, lui ordonna Fred, car j'y comprends rien là.
– Elle m'a dit que si je ne leur offrais pas, à elle et aux enfants, les cadeaux qu'ils veulent pour Noël, elle me quitterait. Mais j'ai pas les moyens de payer tout ça, elle le sait. J'avais pas l'argent… Alors…
– Putain de bonne femme ! Mais quelle salope !
– Parle pas d'elle comme ça ! Je te l'interdis ! Hurla soudainement Jacques, le visage redressé et les poings serrés.
– Oh ! Calme-toi ! C'est pas moi qui t'ai mis dans cette situation, hein ? J'aurais déjà dû appeler les flics, alors un ton en dessous monsieur. Elle veut des cadeaux mais ta femme ne t'en a pas fait un, là. Et toi, t'es assez con pour te mettre dans une merde pareille, juste pour lui faire plaisir ? Aucune femme ne mérite qu'on fasse ça pour elle. Aucune, t'entends ! Elles veulent tout, alors qu'elles, elles ne font rien pour toi. Et après, même quand elles obtiennent ce qu'elles veulent, ça ne les empêche pas de t'entuber ? Des ingrates et des hypocrites ! Regarde dans quel état elle t'a mis ! C'est de la violence. Oui ! De la violence psychologique, monsieur ! T'avais prévu quoi ? Que le magasin de jouets ? Tu voulais lui offrir un ours en peluche ?

Jacques lui lança un regard réprobateur et posa à nouveau sa tête sur ses genoux.

– Elle voulait un bijou…
– Un bijou ? Rien que ça ! Ben elle y va pas de main morte la guêpe ! Tu l'as déjà volé ?

Jacques souleva légèrement la tête et répondit par la négative avec celle-ci.

– Il te reste quoi à prendre à part ça ?

La question de Fred étonna et interpella Jacques, qui le regarda brusquement avec des yeux écarquillés.

– Pourquoi tu veux savoir ça ? Qu'est-ce que ça change de toute façon ?

Son collègue, toujours agenouillé face à lui, prit une grande inspiration.

– Écoute-moi bien. T'es une victime dans cette histoire. C'est elle la responsable de la situation. Hors de question que tu paies pour elle.

Jacques n'en croyait pas ses oreilles. Fred lui faisait-il une énième blague avant d'appeler la police ? Cela aurait été cruel et stupide, mais il en était capable. Voyant la méfiance de Jacques, son collègue se pencha vers son visage et prit une voix douce.

– Je ne sais pas comment tu t'y es pris et ce que t'avais prévu, ou déjà fait d'ailleurs, mais ton plan est bien rôdé. Si ça avait pas été tes cachetons pas assez puissants pour me visser plusieurs heures le cul sur la lunette des WC, t'aurais réussi ton coup haut la main. En même temps, t'es tombé sur un dur à cuire. Tu pouvais pas savoir que j'avais un estomac aussi solide, même si je t'avoue, je morfle un peu quand même.

Un peu était un euphémisme. Mais Jacques concéda silencieusement que son collègue avait été plus résistant que prévu. Celui-ci interrompit son discours avec un léger rire rauque, avant de reprendre.

– Elle veut son bijou ? Elle va l'avoir. Mais le problème, c'est qu'à partir du moment où elle va se rendre compte que tu as réussi à leur offrir tout ça, à elle et aux p'tits, elle va en vouloir plus. Car je peux te l'assurer, elles en veulent toujours plus. Et elle utilisera les mêmes menaces pour arriver à ses fins. Ça sera un engrenage. Donc, tant que tu voudras la satisfaire, il te faudra un allié, quelqu'un de confiance, tu vois, qui pourra te couvrir.
– Me couvrir ? Répéta Jacques, circonspect.

– Oui. Moyennant une légère rétribution bien évidemment.
– J'veux pas faire ça à nouveau. Seulement cette fois.
– C'est ce que tu dis aujourd'hui, mais, après, quand elle te fera encore du chantage, on en reparlera. En attendant, pour cette nuit, j'veux bien fermer les yeux.
– En échange de quoi ? Demanda l'homme désespéré.
– Ben, les jouets, j'en ai rien à foutre : j'ai pas de gosse. Mais j'ai rendez-vous la semaine prochaine. Tu sais, grâce à ces applis de rencontre. J'veux surtout pas d'un truc sérieux, j'ai juste envie d'en profiter. J'avoue que j'ai un peu menti sur mon métier… et sur mon salaire. Vigile dans un centre commercial : c'est pas très « vendeur ». Donc, si je pouvais me pointer au rendez-vous dans un super costard, ça me rendrait plus crédible, tu vois. Un truc bien classe. J'ai rien comme ça chez moi, et je rentre plus dans mon costume de mariage. Alors si on pouvait s'arrêter, après le bijou, dans le magasin pour hommes, à l'étage inférieur…

Jacques le dévisageait, tout en l'écoutant parler, se demandant si tout ce qu'il était en train de vivre était vrai, ou s'il ne s'agissait juste que d'un simple cauchemar.

– Alors ? T'en penses quoi ?

À vrai dire, Jacques n'arrivait plus vraiment à penser à quoi que ce soit. La situation pouvait-elle être pire ? Fred était pendu à ses lèvres, attendant avec impatience sa réponse. Après un temps de silence, l'homme acculé sortit de son mutisme.

– Rien qu'un costume, rien de plus.
– Oui, oui, promis, répondit aussitôt son collègue aux anges.

Il était à peine surpris. Il savait que Jacques n'avait pas réellement le choix : c'était ça, ou la prison.

– Allez, debout fainéant ! Ajouta Fred, sur un ton enjoué et moqueur, tout en se relevant. On a du pain sur la planche et plus beaucoup de temps devant nous avant que la relève arrive. Dis-moi vite fait comment tu procèdes.

Il tendit la main à Jacques, qui, après une fraction de seconde d'hésitation, la saisit. Fred félicita chaudement son acolyte après que celui-ci lui expliqua son stratagème.

– Si ça te dérange pas, je m'occupe du magasin de fringues pendant que tu vas chercher ton bijou. Je dois faire un petit essai quand même, avant de choisir. Manquerait plus que ça ne m'aille pas en arrivant chez moi.

Il éclata de rire et mit quasiment instantanément la main sur son ventre.

– Ouh là ! J'vais peut-être pas forcer niveau « rire ». Si je retourne aux toilettes, ça sera fichu.
– Je vais t'accompagner, dit Jacques, inquiet.

Il savait qu'un seul faux pas les enverrait immédiatement devant un juge. Il ne se croyait pas capable de réaliser tout ça, alors Fred...

– Non, t'inquiète, j'ai bien compris. Je vais bien noter les numéros de l'alarme, je la désactive, je prends la clé, je vais me servir, et ensuite, je remets bien tout en place. Simple comme « *Bonjour* ». S'il y a le moindre truc, j'utilise le talkie-walkie. Toi, pareil.

Jacques restait dubitatif mais ne pouvait que le laisser agir. Il acquiesça et partit rapidement en direction de l'escalier de service afin d'accéder à la bijouterie qui se trouvait à l'étage supérieur. Arrivé sur place, il y pénétra facilement. Il savait qu'il ne pouvait rien prendre dans les vitrines. Contrairement à un magasin de jouets, chaque bijou était disposé à distance des autres, pour être vu et mis en valeur. La moindre disparition serait remarquée. De plus, chacune des vitrines était fermée à clé. Et il n'en avait aucune en sa possession. Il devait se servir dans les tiroirs. Jacques savait que les vendeurs étaient obligés de stocker par manque de place. Il ne devait pas non plus prendre quelque chose de cher. Un truc fabriqué en série était l'idéal. Il n'avait pas le temps de choisir. Il savait que Thérésa serait contente, quel que soit le bijou. Il avait une préférence pour un bracelet ou une bague : c'était plus discret. Il ne pouvait s'empêcher de penser à Fred et à ce qu'il avait dit. Pensait-il réellement que Thérésa en voudrait plus ? Ou est-ce lui qui avait déjà en tête de le faire chanter pour le forcer à voler à nouveau ? Il s'arrêta au milieu de la boutique, ferma les yeux, et souffla fort afin de reprendre ses esprits. Ce n'était pas le moment de tergiverser. Il aurait tout le loisir de le faire après. Il se dirigea derrière le comptoir, mais, à son grand étonnement, les tiroirs étaient tous fermés à clé. Il essaya de tous les ouvrir, sans succès. Comment avait-il pu ne pas penser à cela ? En toute logique, si le commerçant prenait la peine de mettre une serrure à chaque vitrine, il le faisait également pour chaque tiroir. Jacques fut soudain pris de panique : peut-être y avait-il une alarme interne dans le magasin au cas où quelqu'un essaierait de forcer un meuble. Il sortit aussi vite qu'il était entré, prenant grand soin de refermer derrière lui. Tant pis pour le bijou. Avec l'argent qu'il n'aurait pas à dépenser pour les cadeaux des enfants, et s'il ajoutait ce qu'il gardait tous les mois pour les paris sportifs, il pourrait lui en acheter un. Un petit, certes, mais un quand même. Il ne gagnait jamais à ces jeux de toute façon.

Il décida de rejoindre Fred pour voir où il en était. Quelle ne fut pas sa surprise, quand, une fois descendu, il croisa son complice sortant du magasin de sport, les bras plus que chargés !

– Mais qu'est-ce que tu fous bordel ! Hurla-t-il.

Des boîtes et vêtements s'envolèrent alors en tous sens, avant d'atterrir sur le sol. Le bruit résonna dans la galerie silencieuse.

– Putain ! Mais ça va pas ! Tu m'as foutu une de ces trouilles ! Répliqua Fred, énervé.

Il se baissa pour rassembler tout ce qui était tombé.

– Aide-moi maintenant ! Regarde ce que tu m'as fait faire.
– Et le costume ?! Cria Jacques en arrivant près de lui. Tu devais seulement prendre un costume !
– Oui, je sais, répondit Fred. Mais quand je suis passé devant la vitrine, avant de retourner à la salle de surveillance, j'ai pas pu résister. Il y avait ces chaussures de sport que je voulais depuis si longtemps. Je fais pas de sport, je sais, mais elles sont classes.
– Et les vêtements aussi ? Le coupa Jacques, excédé, le regard fixé sur tous les articles qui jonchaient le sol.
– Eh ! Rien de tel qu'un bon jogging pour regarder confortablement un match à la télé. Il y avait plusieurs modèles qui me plaisaient, et comme je n'ai pas le temps d'essayer, j'ai préféré prendre plusieurs tailles, pour être sûr. T'inquiète, je gaspille pas. Je revendrai ce qui ne me va pas.

– Revendre ?! Jacques n'en pouvait plus. T'es taré !
– Oh ! C'est bon le stressé ! Personne ne regarde ce qu'on refourgue sur Internet. Arrête avec tes jérémiades. On perd du temps là. Aide-moi plutôt. Va fermer le magasin pendant que je ramasse tout ça et que je fais un premier aller à ma voiture.

Toujours accroupi, il lâcha d'une main sa pile d'objets volés, faisant tout retomber. Il sortit la clé de la boutique d'une de ses poches et la tendit à Jacques.

– T'as fini de ton côté ? Bien sûr que oui, t'es un champion, toi. Va ensuite à la salle de contrôle pour tout ranger et réactiver les alarmes… sauf celle du magasin pour hommes. J'ai pas encore eu le temps d'y aller. T'inquiète, je vais faire vite.

Jacques était médusé. Il n'arrivait, ni à parler, ni à bouger.

– Allez, bouge, bordel, lança Fred, en se relevant, les bras de nouveau chargés.
.

Sans ajouter quoi que ce soit, il tourna le dos à Jacques et disparut à l'angle du couloir. Il fallait qu'il réagisse. Jacques devait réagir. Fred avait perdu l'esprit. Ils allaient se faire démasquer. Revendre des objets volés : il était fou.

Et tout ce qu'il avait pris. Il n'avait pas fini. Il ne comptait pas s'arrêter là. Il ne s'arrêterait jamais, jusqu'à ce que… Jacques était pris au piège. Comment faire ? Le tuer ? Rien qu'à cette pensée, le pauvre homme réalisa qu'il perdait, lui aussi, la raison. Il passa les mains dans ses cheveux et fit un tour sur lui-même, le regard hagard, espérant naïvement trouver une solution dans la galerie. Son souffle était court. Il était à nouveau pris de vertige, comme en début de soirée. Subitement, il s'arrêta net dans son mouvement. Il baissa les bras et se précipita vers la salle de contrôle. Sur le chemin, il s'arrêta pour récupérer son sac qu'il avait laissé devant la boutique de jouets. Le voleur avait étonnamment et brusquement l'air déterminé. Il exécuta ensuite les ordres de Fred : rangea les clés, et enclencha les alarmes des magasins déjà visités, sauf celui du magasin de sport, contrairement aux ordres donnés par son acolyte. Il fixa ensuite les écrans de surveillance. Personne. Son complice devait encore se trouver sur le parking. Il sortit son téléphone portable d'une de ses poches. Il le fixa un court instant, puis, après une inspiration, déverrouilla l'écran qui s'alluma automatiquement. Il composa alors le numéro de police secours. Sa femme l'avait assez martelé à leur fils, plus âgé, quand ils devaient s'absenter, même si c'était brièvement, pour que Jacques le retienne lui aussi. Sa voix était tremblante :

– Allô ? Oui. C'est bien la police ? Oui, vous venez de le dire… Je suis… Je suis agent de surveillance au centre commercial du centre-ville… Oui, celui-là, oui. Il y a un cambriolage en cours. Non, pas d'alarme mais c'est normal. Enfin, non. C'est… C'est compliqué en fait… C'est mon collègue… Ben, c'est lui le voleur. Non, pas encore, je vais y aller… Dangereux ? Je ne sais pas… Il m'a rendu malade je crois… Un truc dans mon café… Non, il ne sait pas que je l'ai vu, non. Il pense que je suis encore aux toilettes… Oui, il peut accéder à la salle de surveillance : c'est là que je me trouve. Fermer la porte à clé et vous attendre ? Oui. D'accord. Oui, je reste en ligne, mais j'ai presque plus de batterie alors…

La conversation s'arrêta là. Le menteur avait raccroché. Il ne pouvait pas rester en ligne. C'était prendre le risque, qu'au bout du fil, ses interlocuteurs entendent quelque chose qui l'incrimine. Il éteignit immédiatement son téléphone, afin qu'ils croient qu'il n'avait réellement plus de batterie. Jacques souffla. C'est alors que le poste fixe se mit à sonner. Il n'avait pas anticipé la chose. Bien évidemment que la police, sachant qu'il s'y trouvait, allait essayer de le contacter sur le fixe de la salle de surveillance. Ils avaient les coordonnées dans leurs fichiers. Peu importe, Fred n'entendrait pas la sonnerie tant qu'il resterait éloigné de la salle. Le nouveau stratège raconterait tout simplement qu'il a voulu jouer les héros en essayant d'arrêter son confrère. Il alla dans les toilettes. En ouvrant la porte, il recula d'un pas et mit sa main libre sur son nez. L'odeur était nauséabonde. Les laxatifs avaient été plus efficaces que Fred ne l'avait laissé croire. Jacques n'avait, hélas, pas le choix. Il pénétra, avec dégoût, dans le lieu. Il entra ensuite dans une des toilettes, la plus éloignée de l'entrée, avec le sac de jouets qu'il avait pris soin d'emporter avec lui. C'était la seule qui possédait une petite lucarne qui donnait sur l'extérieur. Celle-ci était fermée. C'est alors qu'il ferma la lunette relevée, et qu'il grimpa sur celle-ci. Il souleva, d'un bras, sans aucune hésitation, un des cadres du faux plafond qui s'y trouvait. Avec l'autre, qui tenait toujours fermement le sac, il hissa ce dernier dans le faux plafond. Il connaissait bien cette cachette : c'est là qu'il avait l'habitude de laisser son paquet de cigarettes et son briquet pour venir fumer, sans avoir à quitter « officiellement » son poste. S'il prenait un risque en agissant de la sorte, cela n'avait aucune commune mesure avec ce qu'il était en train de perpétrer. Le danger était d'autant plus important que le sac de jouets, n'avait, ni la taille, ni le poids d'un paquet de cigarettes. Le voleur maintenait sa main libre sur le faux plafond, comme si celle-ci pouvait empêcher ce dernier de céder sous le poids du sac inséré. Si tout tombait, ce serait fini pour lui. Essayant de pousser le plus possible le colis dans l'angle du mur, il se rendit compte que son bras tremblait. Plus encore, c'est tout son corps qui était pris de spasmes. Lorsqu'il sentit une résistance, il cessa de forcer. Il retira la main que le plafond avait engloutie, laissant le cadre refermer doucement la trappe. Puis, il détacha lentement son autre main qui soutenait superficiellement le faux plafond. Il s'arrêta de respirer durant quelques secondes, attendant de voir si le ciel allait lui tomber sur la tête. À son grand soulagement, rien ne se produisit. Sans quitter le plafond des yeux, il posa une jambe sur le sol, enfin, descendit l'autre. Après quelques secondes à contempler sa cachette, il souffla, attrapa ensuite un morceau de papier toilette pour essuyer les traces de ses chaussures sur la lunette. Il souleva celle-ci et y jeta le papier, avant de tirer la chasse. Il devait se dépêcher, le temps lui était compté. Il prit l'escalier pour rejoindre la galerie. Il saisit son talkie-walkie et appela son collègue.

– T'es où ?
– J'suis dans le magasin de vêtements. Je termine. Pas le temps d'essayer, j'ai pris plusieurs modèles et plusieurs tailles. Je choisirai chez moi : ça sera plus simple comme ça. Vu le nombre de costumes qu'ils ont, ils ne s'apercevront de rien. T'es toujours en haut ? T'as fini de ton côté ?
– Oui, oui, marmonna Jacques qui fulminait encore, malgré le piège qu'il avait tendu à son complice.
– Tu peux descendre pour fermer le magasin. Ça nous fera gagner du temps. Je retourne à la voiture. Je laisse la clé dans la serrure. Tu pourras remettre la dernière alarme en route après. Je remonterai récupérer tes affaires pour ta petite famille chérie, je mettrai tout dans mon coffre de voiture. On s'arrangera plus tard. C'est plus pratique comme ça. Tu viendras boire une bière à la maison : ça nous permettra de faire le point.

Le rire de Fred retentit au milieu des grésillements. Jacques se contint de l'insulter. L'effort était conséquent.

– OK, on fait comme ça, lâcha-t-il. Il aurait pu dire davantage, mais n'en avait pas la force.
– OK. On est les meilleurs ! Cria Fred.

Jacques était arrivé dans la galerie. Il se cacha derrière un pilier pour ne pas être remarqué. Il vit alors son collègue passer à vive allure, les bras débordant de vêtements encore sur leur cintre. On aurait dit un garçonnet qui emportait des sacs de bonbons. Là où il se trouvait, Jacques pouvait en effet l'entendre glousser, et voir son visage radieux. Lui, était anxieux, soucieux. Que faire désormais ? Devait-il le laisser remonter et attendre la police ? Le problème est qu'il ne savait pas quand elle arriverait. Les agents ne comprendraient pas, alors qu'ils avaient ordonné le contraire, que le coupable soit avec Jacques dans la salle de surveillance, comme si tout allait bien. S'il s'enfermait à clé, c'est Fred qui saisirait immédiatement qu'il y avait un problème. Il pourrait inventer n'importe quoi à la dernière minute en voyant les agents de police. Et le sac ? Bien avant cela, Fred verrait que le sac de jouets a disparu ! Il ne devait pas être en état de parler lorsque les forces de l'ordre arriveraient. L'idée crispa le criminel. Il se sentait incapable de faire du mal à quelqu'un. Mais il n'avait pas le choix. L'assommer, il devait juste l'assommer. Ce n'est pas bien grave. Il s'en remettrait vite. Et une fois réveillé, il aurait beau raconter ce qu'il veut, Jacques aurait déjà exposé sa version des faits. Fred l'avait drogué en mettant quelque chose dans son café qui avait un goût étrange. La pauvre victime avait dû s'enfermer un très long moment dans les toilettes. Mais, sortant, visiblement plus vite que prévu pour le coupable, Jacques vit son collègue sur les écrans de surveillance, en train de commettre le forfait. Il s'empressa donc de prévenir les autorités. N'ayant plus de batterie, et n'écoutant que son courage, le héros se précipita alors pour arrêter le malfaiteur. Alors que ce dernier remontait l'escalier de service, qui menait du parking à la galerie, Jacques l'intercepta en l'assommant. Il ne lui restait plus qu'à attendre les renforts. Fred aurait beau prétendre qu'il était son complice, il n'aurait aucune preuve. Il ne savait pas quels jouets Jacques avait pris. Il raconterait qu'il avait volé un bijou. Or, il ignorait que le mari dévoué n'avait pas pu se servir. Ses allégations ne tiendraient donc pas la route un seul instant. Jacques passerait pour un héros auprès de sa hiérarchie. Et, qui sait, une nouvelle proposition de promotion serait d'actualité ? Cette fois-ci, il n'hésiterait pas et l'accepterait. Son épouse serait la plus heureuse. Quant au sac, il le récupérerait discrètement, une fois les choses calmées. Jacques s'y voyait déjà. Il chercha autour de lui un objet avec lequel il pourrait attaquer son collègue. Il scruta une des scènes de décoration de Noël qui avaient envahi le centre commercial. Il avait l'embarras du choix. Il saisit, un élément de décor : un sucre d'orge géant. Il n'était pas trop grand, assez rigide et dur pour être efficace. Armé, il se précipita alors vers l'escalier de service. Il devait y être avant que son camarade soit remonté. Il commença à dévaler les marches. Mais après avoir descendu presque un étage, il s'arrêta net. Il n'avait aucun endroit où se cacher. Comment procéder ? Son cœur battait la chamade. Il voyait soudain flou. Il devait le prendre par surprise : derrière la porte de service qui mène à la galerie. Elle était restée grande ouverte. C'était l'endroit idéal pour se cacher. Il l'attaquerait par-derrière. Pourquoi n'y avait-il pas pensé plus tôt ? Il fit demi-tour et grimpa le plus rapidement possible les escaliers dévalés, en sautant une marche sur deux. Fred ne devait pas l'entendre. Il devait sortir de là au plus vite. Son arme de Noël dans une main, s'aidant de la rambarde de l'autre, il faisait aussi hâtivement que son corps le lui permettait. Il aperçut rapidement le pas de la porte. Un sourire de triomphe commença à se dessiner sur son visage. Alors qu'il sautait pour atteindre l'avant-dernière marche, il sentit sa cheville droite se tordre. Son pied s'était étonnamment posé sur quelque chose qui n'était pas plat. Dans l'élan, la douleur fut violente. Il ne put s'empêcher de pousser un cri. N'ayant plus d'autre prise que sa main sur la rampe, son autre jambe étant relevée dans sa foulée, il bascula en arrière. Sa main droite lâcha alors le sucre d'orge pour venir en aide à son autre bras qui maintenait fermement le garde-fou. Cela était malheureusement peine perdue. Il ne pouvait plus s'appuyer sur son pied droit. Son poids et la vitesse à laquelle il était lancé ne lui permirent pas de retrouver l'équilibre. Il tomba à la renverse, tête la première, dans les escaliers. Le bruit fut assourdissant. Le hurlement de Jacques fut strident. Son corps désarticulé finit sa course sur un des paliers. Jacques était terrassé par la douleur. Ses idées s'embrouillaient. La tête sur le côté, ses yeux entrouverts aperçurent une chaussure. Ce n'était pas une des siennes. C'était un mocassin en vernis noir, neuf et brillant, mais en partie écrasé. Une paire de mocassins, Fred avait sans doute aussi volé des mocassins avec les costumes, et, dans la précipitation, en avait laissé tomber un par mégarde. Comment avait-il fait pour ne pas le remarquer, ou même marcher dessus en descendant ? Sur cette pensée, Jacques perdit connaissance. Plus de reproche, plus de dispute, plus de stratagème, plus de délit, plus d'angoisse, plus de douleur : plus rien.

Des murmures parvinrent aux oreilles de Jacques. Les sons étaient lointains, et proches à la fois. Il fronça les sourcils et cligna des yeux. Il les ouvrit tant bien que mal, ébloui par une lumière qui lui semblait aveuglante. Il avait la gorge nouée et sèche. Sa vue était trouble, mais, en tournant légèrement la tête sur la gauche, il distingua deux silhouettes. Il reconnut rapidement la voix de Thérésa. L'autre lui restait inconnue : c'était celle d'un homme. Il essaya de parler pour avertir sa femme qu'il était réveillé, mais seul un râle s'éleva dans la pièce. Les murmures cessèrent instantanément.

– Jacques ? Jacques, tu m'entends ? Demanda son épouse, d'une voix douce et tremblante.
– Est-ce que vous pouvez parler ? S'enquit son interlocuteur qui s'était également approché du blessé.

Les silhouettes devinrent de plus en plus nettes. L'homme s'était placé devant Thérésa et auscultait Jacques, totalement perdu. Il se rendit compte que, par rapport à eux, il était allongé, et que l'homme portait une blouse blanche. Un médecin : c'était un médecin. Jacques était groggy. Ses idées étaient confuses.

– Thérésa…

Il n'eut la force de prononcer aucun autre mot.

– Oui, je suis là. C'est moi, répondit-elle en lui prenant la main. Il me reconnaît, c'est bon signe docteur ? Continua-t-elle en s'adressant cette fois-ci au professionnel de santé.

Ce dernier opina de la tête, tout en gardant un air grave.

– Vous êtes à l'hôpital monsieur. Vous me comprenez ?
– Oui, murmura fébrilement Jacques. Que… Que s'est-il passé ? Demanda-t-il, au prix d'un grand effort.
– Tu ne t'en souviens pas ? Intervint son épouse.

Jacques resta muet, essayant de se remémorer les événements avant son réveil à l'hôpital.

– Ne vous inquiétez pas, reprit le médecin. C'est normal que ce soit confus. Après tout ce que vous avez subi. Reposez-vous. Vos constantes sont bonnes. Je reviens vous voir dans un moment. Ne le fatiguez pas, ajouta-t-il en se tournant vers Thérésa. Il a besoin de temps.
– Oui, docteur, répondit-elle timidement.

Après le départ de l'homme à la blouse blanche, le silence emplit la chambre. Thérésa observait Jacques. Il lisait de la pitié dans son regard, mais ne comprenait pas vraiment pourquoi. Il n'osait pas dire quoi que ce soit. Il n'en avait pas la force. Elle lâcha sa main pour aller prendre une chaise accolée à un des murs de la pièce, et la fit glisser bruyamment jusqu'au lit. Des flashs revinrent alors soudainement à l'homme alité.

– J'étais… J'étais au travail… à la galerie, dit-il subitement, avec difficulté.

Thérésa lui avait repris la main. Jacques ne réagit pas. Il ne sentait pas la sienne, même s'il l'avait vu faire. Il devait avoir tellement de médicaments ou autres dans le sang, que cela l'avait anesthésié.

– Oui, acquiesça-t-elle. Mais il n'y a rien d'urgent. Repose-toi. On en parlera plus tard.

Son mari n'avait pas la force d'insister. Il ferma les yeux et s'assoupit.
Plusieurs heures plus tard, lorsqu'il les ouvrit à nouveau, Thérésa était toujours à ses côtés. Mais elle n'était pas seule. Deux hommes en uniforme de police se tenaient près d'elle, les yeux rivés sur lui. Le médecin était également à nouveau présent. Jacques l'aperçut uniquement lorsqu'il parla, car il se trouvait de l'autre côté du lit.

– Vous n'avez droit qu'à quelques minutes.
– Oui, vous l'avez déjà dit, rétorqua un des agents, visiblement agacé par la présence du docteur. Jacques… Je peux vous appeler Jacques ? Vous revenez de loin, hein, poursuivit-il. Vous vous souvenez de ce qui s'est passé au centre commercial ?

Le blessé avait les idées plus claires. Les médicaments devaient moins agir, encore assez pour qu'il n'ait pas mal néanmoins. Étant donné qu'il n'arrivait pas à bouger ses bras, il se doutait qu'il devait avoir de grandes blessures douloureuses. Toutes les péripéties lui revinrent à l'esprit, de manière désordonnée et sans aucun sens logique. Mais il se souvenait des vols de jouets, de son collègue qui le démasquait et de tout ce qui s'ensuivit. Le mocassin verni lui apparut brusquement de manière nette. Il fit une grimace de désappointement. Celle-ci passa pour une tentative de s'exprimer.

– Prenez votre temps pour parler, lui dit l'agent de police. On a déjà une idée de l'essentiel. On veut juste une confirmation de votre part.
– Une idée ? Bredouilla Jacques, inquiet.
– Oui, pour le vol, et la chute. Mes collègues ont chopé le vôtre en flagrant délit, alors qu'il rangeait des objets volés dans sa voiture. Il ne savait plus quoi dire. Mais il n'y avait rien à dire en réalité. Et ensuite, ils vous ont trouvé, en montant les escaliers. Étant donné que les caméras filmaient uniquement, sans enregistrer, on a besoin de vos éclaircissements.
– Je suis ici depuis combien de temps ? Demanda alors Jacques.
– Depuis plusieurs jours mon chéri. Demain, c'est le réveillon de Noël, intervint son épouse.
– Noël ? J'ai dormi tout ce temps.
– C'est un peu plus compliqué, répondit Thérésa, gênée.
– On verra ça plus tard, la coupa le second officier de police qui était resté silencieux jusqu'à lors. Merci de nous détailler les faits ayant entraîné l'incident dans l'escalier s'il vous plaît.

– Doucement, dit alors le médecin, contrarié par l'empressement du policier.
– Je pense qu'il est capable de dire lui-même s'il a besoin d'une pause, lui rétorqua sèchement l'agent, en lui lançant un regard noir.

Jacques déglutit. Il devait réussir à se souvenir de son histoire. Il ne devait qu'énoncer l'essentiel. Moins il en dirait, moins il risquerait de se tromper. Les agents de police n'insisteraient pas, et s'ils essayaient, le regard réprobateur du médecin était le gage qu'il interviendrait aussitôt pour couper court à l'interrogatoire. Il raconta donc sa version aux policiers, qui l'écoutèrent attentivement. Jacques ne savait pas s'ils le considéraient comme témoin, suspect ou coupable. Il n'avait pas d'autre choix que de s'en tenir à ce qu'il eût décidé. Seule l'issue était, malheureusement pour lui, différente. En voulant arrêter par lui-même son collègue voleur, il trébucha, dans l'escalier, sur un des objets volés. C'est ça de vouloir jouer les héros. Mais l'essentiel était que le criminel ait été arrêté.

– Merci pour votre témoignage, Jacques, conclut le policier qui avait engagé la conversation. Votre chute était donc accidentelle. Et on se doutait que ce que raconte votre collègue est faux.
– Comment ça ? Balbutia Jacques.

Thérésa, muette, observait et écoutait avec attention, scrutant chaque réaction sur le visage de son mari. Elle le connaissait mieux que personne. Elle savait pertinemment quand il mentait.

– Il prétend qu'il n'est que votre complice, que le cerveau : c'est vous, répondit l'agent le moins agréable.
– Quoi ? Mais il est fou !

Jacques prit l'air le plus étonné possible en répondant.

– Vu qu'il savait qu'il ne pouvait pas nier sa culpabilité, il a sans doute voulu minimiser les faits, en se déchargeant sur vous. C'est facile quand l'accusé est sur un lit d'hôpital, sans pouvoir répondre.

Jacques n'osa pas rebondir sur cette remarque. Il avait peur de commettre une erreur.

– Il y a beaucoup d'incohérences dans ce qu'il raconte de toute façon, poursuivit l'officier.
– On est quand même allé faire un tour chez vous, le coupa son collègue, les yeux rivés sur Jacques.

Heureusement pour ce dernier, les infirmières avaient débranché les appareils de surveillance des constantes du patient avant l'arrivée de la police, le médecin jugeant inutile de les garder. L'accélération des battements de son cœur l'aurait sans aucun doute trahi.

– Pourquoi ? Demanda-t-il, feignant l'incompréhension.
– Juste pour être sûr. On n'est jamais trop prudent, répondit posément le policier, le fixant toujours. Mais on n'a rien trouvé. Vous vous en doutez n'est-ce pas ?

Thérésa était méticuleuse et descendait très régulièrement les poubelles, sans attendre qu'elles soient forcément pleines. Les traces de son projet avaient donc bien évidemment disparu avant qu'il ne passe à l'acte.

– Comment peut-il raconter ça ? Demanda l'homme alité.

Il se surprenait lui-même de si bien jouer la comédie.

– Le désespoir… Vous savez.
– On va s'arrêter là, intervint alors le médecin, qui était restait en retrait jusque-là. Il a besoin de se reposer.
– On en a fini, répondit le policier.
– Pour l'instant, ajouta son confrère. On aura sûrement des questions complémentaires.
– Plus tard, lui lança le professionnel de santé.

L'agent ne répondit pas. Il jeta uniquement un regard de défiance à Jacques, puis, fit signe à son collègue de passer devant lui pour sortir.

Une fois le médecin parti à son tour, Jacques et Thérésa restèrent un long moment silencieux. Elle se tenait debout, regardant l'extérieur par la petite fenêtre de la chambre d'hôpital, sans réellement s'intéresser à ce qui se passait au-dehors. Jacques, lui, anxieux à l'idée d'engager la conversation, fixait le plafond. Il n'avait toujours pas de douleur. C'était déjà ça de prix, se disait-il.

– Tu me dis la vérité ? Finit par déclarer son épouse, fixant toujours l'extérieur.
– La vérité ? Sur quoi ?
– Ne joue pas à ça avec moi ! Reprit-elle, sur un ton incisif. Ne me fais pas cette offense. À eux, tu peux raconter ce que tu veux, mais à moi… Je sais quand tu mens.

Elle le dévisageait désormais. Lui, n'osait toujours pas la regarder. Il avait tout à coup le regard embué. Il s'était imaginé une toute autre conversation, dans un autre cadre, avec une issue différente. Il se conforta en se disant qu'il ne s'agissait que d'un contre-temps. Même si ça ne s'était pas passé comme prévu, une fois rétabli, elle aurait ce qu'elle souhaitait, et plus encore.

– Mon patron t'a contacté ? Demanda-t-il, curieux.
– Pourquoi ? Il aurait dû.

Jacques tourna enfin la tête vers elle, perplexe.

– Ben, je lui ai rendu un fier service quand même, et j'en ai payé le prix.

Sa femme souffla et baissa la tête. Elle se tourna à nouveau vers la fenêtre.

– Oui, bien sûr, il a pris des nouvelles. Il passera dès que tu seras assez en forme pour ça.
– Super ! S'exclama alors son époux. Tu vas voir ! Avec ce qui s'est passé : à moi la grosse promotion ! Tu vas pouvoir avoir tout ce que tu veux… Enfin presque, ma chérie.

Thérésa le contempla de nouveau, hébétée.

– C'est pour ça que tu as fait tout ça ? À cause de notre dispute ?
– Ben oui, répondit-il, étonné. Pourquoi sinon ? C'est pas exactement ce qui était prévu, mais c'est pas grave, tant que le résultat est là ?
– Le résultat ?! Répéta-t-elle, visiblement énervée.

Jacques ne comprenait pas sa réaction. Il la fixa, attendant plus d'explication.

– Raconte-moi tout Jacques, tout, dans le moindre détail.

Elle s'approcha du lit et s'installa sur la chaise. Son mari s'exécuta.

Après de longues minutes à l'écouter raconter toutes les péripéties de cette monstrueuse aventure, Jacques restait interloqué face au comportement de son épouse. Les mains jointes, accoudée sur le rebord du lit, elle le regardait avec une tristesse incommensurable, qu'il n'avait jamais lu auparavant dans ses yeux. Des larmes coulaient silencieusement le long de ses joues. Certes, il n'avait pas réussi son coup, mais était-ce une raison pour réagir ainsi ? Depuis qu'il s'était tu, le silence dominait à nouveau. Jacques ne savait plus quoi dire. Thérésa essuya alors ses joues humides avec ses mains, se redressa, et lui dit :

– Tu penses vraiment que je voulais que tu voles pour nous faire des cadeaux ? C'est vraiment ce que tu penses de moi ?
– Non… Oui. Il n'y avait aucune autre possibilité, alors… Je me suis dit… T'étais à bout. Je le comprends, tu sais. C'est pas grave, murmura-t-il.
– Pas grave, reprit-elle. Pas d'autres solutions. Jamais, tu m'entends, jamais, dit-elle, se levant et se penchant vers le visage de Jacques, tout en essayant de garder son sang-froid. Jamais je ne t'aurais demandé de faire une chose pareille.

Jacques était abasourdi. Il ne comprenait définitivement rien à rien. Elle voulait quoi : qu'il gagne au loto par magie ? Elle s'assit de nouveau. Après un bref silence, elle ajouta :

– Pas une seule seconde, pas une seule fois, tu t'es dit que tu aurais pu utiliser le livret ?

Ces mots sonnèrent comme une sentence aux oreilles de Jacques. Il blêmit presque immédiatement. Il avait l'impression que son cœur allait exploser tellement il battait fort et rapidement.

– Le… le livret, balbutia-t-il, totalement décontenancé.
– Oui, LE LIVRET, insista-t-elle. Je rêve. Tu n'y as pas pensé.

Durant tout ce temps où il avait cherché des solutions, puis, élaboré son plan, le fait de piocher dans le livret qu'ils avaient ouvert tous les deux depuis qu'ils avaient décidé d'avoir leur premier enfant, ne lui avait pas traversé l'esprit. Le livret… Certes, il ne mettait pas grand-chose dessus. Mais après toutes ces années, une solide économie s'était formée. Pourquoi n'y avait-il pas pensé ? Parce qu'après tout ce temps, il l'avait tout simplement oublié. Il ne gérait jamais les papiers à la maison : c'est Thérésa qui s'occupait de tout cela. De plus, pour éviter tout oubli, ils avaient décidé dès le départ d'effectuer des virements automatiques mensuels. Ils n'avaient donc aucune raison d'en parler. Les choses se faisaient seules. L'homme fut pris brusquement d'une violente nausée, se remémorant tout ce qui était arrivé... pour rien. Tout cela aurait pu être évité. Il lui suffisait juste d'aller à la banque pour retirer de l'argent en piochant dans le livret. Il aurait eu tout le temps, d'effectuer par la suite, des heures supplémentaires pour le renflouer.

– Oh Jacques, souffla Thérésa, la tête enfouie dans ses bras. Un tel gâchis... pour rien. Si seulement tu m'en avais parlé.
– Je ne pouvais pas. Tu étais tellement en colère, répliqua-t-il.
– Parce que c'est de ma faute en plus.

Le blessé ne répondit rien. Bien évidemment que tout était de sa faute, pensa-t-il. Il n'avait rien demandé, lui.

– C'est pas si grave, déclara-t-il après quelques secondes, la voyant bouleversée. Je vais vite me remettre. Les flics n'ont aucune preuve contre moi. Et Fred est tout, sauf innocent... Alors... Tout ça sera vite derrière nous, tu verras.
– Non, Jacques.

L'homme alité ne comprit pas la réponse catégorique de sa femme. Elle se mit à bégayer, tout en sanglotant :

– Je… Je… ne sais pas… Je ne sais pas comment t'annoncer ça. Oh, je… je suis telle… tellement désolée… tellement désolée pour toi.
– Mais de quoi tu parles ?

Jacques la fixait avec un regard inquiet.

– Tu…
– Tu quoi ?! S'énerva-t-il.

Thérésa essaya de retrouver de la contenance. Elle prit une grande inspiration.

– Si tu es resté inconscient durant plusieurs jours, c'est qu'on t'avait plongé dans un coma artificiel.
– Ah… Pourquoi ?
– Tes… Tes blessures, après ta chute, étaient très importantes. Tu devais subir plusieurs opérations. Tu n'aurais pas supporté la douleur, et tout le reste.
– Ah… OK. Mais c'est bon maintenant. S'ils m'ont sorti de ce coma, c'est que les opérations se sont bien passées ?
– Oui.
– Ben alors ? Qu'est-ce qu'il y a ? On doit encore m'opérer ? Qu'est-ce que j'ai ?
– Non, plus d'opération, non, chuchota Thérésa.
– Ben alors quoi, bon sang ?! Cria Jacques, s'énervant des réponses évasives de son épouse, mais également de ne pouvoir bouger davantage.

– La... La colonne vertébrale a été sérieusement touchée.

L'homme eut la sensation soudaine de manquer d'air.

– Oh... Ils ont fait tout ce qu'ils ont pu. Ils ont soigné beaucoup de choses, mais...

La pauvre femme ne put finir sa phrase.

– Je vais chercher le médecin. Il t'expliquera mieux que moi.
– Non, non, attends, supplia vainement son mari.

Elle avait filé à toute allure, le laissant seul, perdu, au milieu de cette grande pièce vide. L'impression d'étouffer était grandissante. Il essaya de reprendre ses esprits. Mais les idées fusaient. S'il n'arrivait pas à bouger, était-ce réellement parce qu'on l'avait immobilisé, comme il le pensait au préalable ? L'absence de douleur était-elle réellement due à de forts anti-douleurs prescrits ? Il n'eut pas le temps de réfléchir davantage. Le médecin fit son entrée dans la pièce, suivi de Thérésa, penaude. Le spécialiste était chirurgien. Il s'installa sur la chaise, à la place initiale de l'épouse du blessé. Il prit le temps nécessaire, fit preuve de toute la délicatesse possible dans cette situation, lui expliqua toutes les blessures entraînées par sa chute, les lésions sur sa moelle épinière, et toutes les conséquences. Des examens complémentaires devaient être effectués, mais le verdict était déjà quasiment certain : Jacques ne marcherait plus jamais. Pire, s'il n'éprouvait aucune douleur, c'est qu'il n'avait plus aucune sensation, du bas du cou jusqu'aux orteils. Il ne pourrait sûrement plus jamais utiliser ses bras, ses mains : il était tétraplégique. Tout le monde du pauvre homme s'écroulait. Au fur et à mesure des explications qui suivirent cette annonce, les mots résonnèrent de manière lointaine. Jacques voulait mourir à cet instant. Le professionnel de santé essaya de le rassurer, au moins sur un plan organisationnel. Il existait de nombreuses structures formidables prêtes à le prendre en charge.

– Des structures ? L'interrompit-il, comme s'il s'était subitement réveillé. Mais je veux rentrer chez moi, avec ma femme, et mes enfants.

En pleurs, cette dernière intervint. L'appartement en étage, sans ascenseur, n'était pas adapté. De plus, il lui fallait des soins spécifiques qu'elle ne pouvait pas lui fournir, sans compter le préjudice moral pour les enfants. Le médecin ne put s'empêcher de froncer les sourcils en l'entendant parler ainsi.

– Le préjudice ? Tu veux te débarrasser de moi ?

Le spécialiste baissa la tête. Jacques n'avait pas tort. Thérésa se sentait incapable de s'occuper de lui. Elle avait accepté énormément de choses durant leur vie de couple. Mais ça : c'était trop. Elle ne savait même pas si elle l'aimait encore. Si elle acceptait qu'il rentre, elle ne pourrait plus changer d'avis sans passer pour un monstre sans cœur. Ses arguments actuels ne seraient plus valables.

– Non, non, voyons. Je pense au meilleur pour toi.
– Je vais vous laisser, déclara le médecin qui ne voulait pas en entendre davantage. Tenez-moi au courant quand vous aurez pris votre décision. Nous ferons le nécessaire en fonction de vos choix.

Il s'éclipsa, laissant les deux époux seuls. Thérésa se tenait au pied du lit. Elle se frottait nerveusement les mains. Jacques la regardait silencieusement. Son regard était noir. Après tout ce qu'il avait fait pour elle, pensait-il.

– Ne te fais aucun souci pour l'argent, finit-elle par dire, gênée. Vu le contexte, c'est un accident du travail : tout est pris en charge. Même plus encore, l'assurance va fortement nous dédommager. C'est Jeanne qui me l'a dit.
– Jeanne ?

Qu'est-ce qu'elle venait faire dans cette histoire celle-là ? De quoi elle se mêlait cette idiote ! Elle n'était pas partie ?

– Oui, je l'ai appelé. J'avais besoin… de soutien. Elle m'a dit qu'elle rentrait immédiatement pour m'aider. Et elle a commencé à se renseigner pour nous. Elle est formidable, hein ?
– T'es amoureuse ou quoi ? Lâcha Jacques, excédé.
– Quoi ?! Mais qu'est-ce que tu racontes ? D'accord, tu es visiblement en colère. Il y a de quoi, je comprends, mais c'est pas une raison pour… Bref, peu importe. Écoute, je m'occupe de tout. Tu n'as qu'à penser à toi. Je dois aller chercher les enfants. Mais on revient demain : on passe le réveillon de Noël ensemble. Je vais préparer tout ce que tu aimes. On va prendre soin de toi.

Elle coupa ainsi court à la discussion et laissa Jacques seul avec son désespoir. Toute la nuit, il ne cessa de penser aux décorations de Noël dans le centre commercial, et à ce Père Noël gonflable qui ne pouvait pas bouger, comme lui. Lui, était sa propre prison emplie d'air ; Jacques était prisonnier de son propre corps.
Thérésa tint sa promesse. Ils passèrent le réveillon ensemble, puis Noël. Elle qui l'avait laissé prendre les décisions pendant toutes ces années, ou du moins, avait accepté l'absence d'initiative de la part de son époux, imposait dorénavant ses directives. Il n'avait aucunement son mot à dire. Ainsi, elle choisit un centre pour lui, s'occupa de toutes les formalités administratives. Pour plus de facilité, car tout cela était compliqué pour elle,

Jeanne emménagea chez eux. Le pauvre homme apprit par la suite que Fred, ignorant son état de santé, avait essayé de le contacter, voulant qu'il prenne en charge ses frais d'avocat, la moindre des choses selon lui au vu de la situation. Il n'insista pas lorsque Thérésa, ulcérée, lui ordonna de laisser son mari tétraplégique tranquille. Une fois l'affaire de vol bouclée, et son mari totalement mis hors de cause, Thérésa encaissa l'énorme somme d'argent de l'assurance. Elle n'avait clairement plus besoin de s'inquiéter financièrement, ni pour elle, ni pour ses enfants. Son souhait avait, en quelque sorte, été exaucé. Tous les soins possibles furent prodigués à Jacques. À force de séances thérapeutiques, il finit par recouvrer l'usage des doigts de la main droite. Avec le temps, il cessa de protester sur quoi que ce soit, même de réagir : son sort était scellé. L'homme reçut beaucoup de visites : celle de son patron qui le remercia chaudement pour son sacrifice, en offrant à son épouse un bon d'achat conséquent, valable dans tout le centre commercial ; celles des journalistes qui voulaient tous avoir une interview exclusive avec le héros malheureux ; celles de ses amis qu'il ne revit plus par la suite, le centre étant un lieu trop déprimant pour eux ; plus régulièrement celles de sa famille, qui passait de temps à autre le voir ; celles de son épouse bien sûr, accompagnée de ses enfants, toujours pressés de partir, car ils n'avaient rien à lui dire.

Un an plus tard, dans sa chambre, devant la télé, alors qu'il zappait à l'aide de la télécommande fixée sur son fauteuil, il tomba sur un reportage sur le centre commercial. Son ancien patron faisait visiter les lieux au journaliste, qui ne cessait de lui poser des questions sur la fameuse affaire qui avait eu lieu un an plus tôt. Jacques se demanda alors si on retrouverait un jour le sac qu'il avait caché dans les toilettes, preuve de la véracité des propos de Fred qui séjournait en prison depuis cette nuit-là. Lui, dans son état, ne craignait plus rien. Son épouse par contre, perdrait tout ce qu'elle avait. L'idée lui avait déjà traversé l'esprit : tout dire par pure vengeance. Elle l'avait lâchement abandonné. Mais les enfants subiraient aussi les conséquences. Ils étaient innocents dans cette histoire. Il avait donc décidé de se taire. Il ne savait pas qu'un électricien était intervenu dans les toilettes, quelques semaines auparavant, et qu'il avait accédé, avec son échelle, au faux plafond, en voulant s'occuper des spots de lumière. Ce dernier avait, avec sa lampe torche, trouvé le fameux sac. Si, dans un premier temps, il envisageait d'avertir les responsables du centre commercial, découvrant le butin, il avait préféré garder cette trouvaille pour lui, emportant tout : des cadeaux de Noël tombés du ciel pour son fils et sa filleule.

Si une part de lui voulait changer de chaîne, face à la douleur provoquée à la vue des images qui défilaient devant ses yeux, une autre part de Jacques ne pouvait s'empêcher de fixer l'écran. Pour conclure le reportage, le journaliste s'était posté, avec son ancien patron, à l'entrée du centre commercial. Derrière eux, au milieu des décorations, se dressait l'immense et même Père Noël gonflable, qui souriait bêtement. Une immense banderole avait été ajoutée autour de son énorme ventre. Jacques pouvait y lire, avec amertume : « Joyeux Noël ! »

TABLE DES MATIÈRES

Ancré... 7

Le Graal.. 19

Larmes de pluie.. 39

Pétales... 51

Joyeux Noël !.. 59

Retrouvons-nous !... 123

Bibliographie de l'auteure Audrey Eden

– *Les réminiscences d'Émilie,* roman psychologique, 2021

– *Au bout du rêve*, romance, 2022

– *Liens du sang*, recueil de nouvelles, dans la collection *Gouttes de vie,* 2023

RETROUVONS-NOUS !

*Je m'appelle Audrey Eden.
Merci d'avoir choisi et lu mon recueil de nouvelles.
Vous avez apprécié sa lecture ? Si vous avez un peu de temps et l'envie,
partagez un commentaire sur votre site d'achat, sur les réseaux sociaux, sur
les sites de lecteurs comme Booknode ou Babelio, ou sur mon site internet.
Parce que je m'accomplis grâce à vous et que vos commentaires sont une aide
précieuse pour que de nouveaux lecteurs me découvrent. Parce qu'il n'est pas
aisé pour moi de me mettre à nu, et qu'écrire : c'est se dévoiler. Je vous remercie
infiniment par avance pour votre bienveillance.*

Mon adresse mail : audreyeden.auteur@gmail.com

Abonnez-vous à l'Edenletter : ma newsletter pour ne rien rater de mon actualité d'auteure, pour découvrir mes divers articles sur l'île de La Réunion, et sur les thèmes qui me tiennent à cœur.

Scannez le QR code de l'Edenletter

Visitez mon site internet : audreyeden.com.

Merci de tout cœur.

Audrey Eden